고작 혜성 같은 걱정입니다

고작 혜성 같은 걱정입니다

1판 1쇄 발행 2020년 7월 27일

글   조승현
펴 낸 이   신혜경
펴 낸 곳   마음의숲

대   표   권대웅
책임편집   전태영
편   집   전유진 채수희
디 자 인   임정현 박기연
마 케 팅   노근수

출판등록   2006년 8월 1일(제2006 - 000159호)
주   소   서울특별시 마포구 와우산로30길 36 마음의숲빌딩(창전동 6-32)
전   화   (02) 322 - 3164~5 **팩스** (02) 322 - 3166
이 메 일   maumsup@naver.com
인스타그램   @maumsup
용지 (주)타라유통 **인쇄·제본** 스크린그래픽

ⓒ 조승현, 2020
ISBN 979-11-6285-061-9 (03810)

＊이 도서의 국립중앙도서관 출판예정도서목록(CIP)은 서지정보유통지원시스템 홈페이지(http://seoji.nl.go.kr)와
국가자료종합목록 구축시스템(http://kolis-net.nl.go.kr)에서 이용하실 수 있습니다.
(CIP제어번호 : CIP2020028494)

고작 〰〰〰〰 혜성 같은 걱정입니다

천문대에서 별을 통해 삶을
배워가는 어느 천문대장의 기록

조승현 지음

마음의숲

아이들이 신이 나서 천문대로 뛰어들어온다. 뒤따라오는 부모의 표정도 밝다. 우주에 대한 호기심일까, 별을 본다는 기대감일까. 천문대를 찾은 이들의 들뜬 기분이 민들레 홀씨처럼 바람을 타고 이곳저곳에 퍼진다.

나는 우주에 대한 이야기를 하나씩 늘어놓기 시작한다. 아이들의 눈은 금세 블랙홀이 된다. 모든 것을 빨아들이겠다는 자세이자 기세다. 밝은 별을 보며 환호하다가 어두운 천체를 보며 감탄하기도 한다. 별은 밝다가도 어둡고, 옅다가도 짙다. 마치 농담弄談 같은 별빛의 농담濃淡이다. 나는 흩어진 이야기 조각들 중 가장 예쁜 것을 골라 아이들에게 하나씩 건넨다.

꺄르르, 웃음소리가 한바탕 지나가면 마음과 눈 안에 별빛을 가득 충전한 아이들이 가벼운 걸음으로 천문대를 나선다.

시간은 어느새 자정이다. 천문대 건물의 불이 꺼지면 주변엔 그 어떤 빛도 남지 않는다. 그렇게 나의 하루도 끝이 난다.

밤에 일과가 시작되는 천문대 사람들은 그래서 오히려 낮을 잘 살아야 한다. 계획한 일, 누군가를 만나는 일, 무언가를 배우는 일을 할 시간은 오직 낮뿐이다. 환할 때는 보이지 않지만, 별은 여전히 머리 위에서 빛나고 있음을 알기에 낮도, 밤도 나에겐 공평하다.

그러나 고백하자면 이 책에 담긴 이야기들은 주로 밤에 쓴 것들이다. 청청한 밤하늘에 떨어지는 별빛을 눈에 담고 돌아와 따뜻한 노란 불빛 아래 써내려갔다. 가끔 피곤하고 종종 졸렸으나, 대체로 행복했다.

여전히 책을 낸다는 건 조금 부끄럽다. 천문학의 수준으로 보자면 나는 햇병아리다. 어렸을 적부터 우주를 좋아했지만, 대학에서 천문학을 전공하며 고작 4년 배운 정도다. 당연한 이야기지만, 저명한 천문학자들에 비하면 아기가 서툰 걸음마를 뗄 때는 수준이다. 우주의 원리와 지식을 공부해야 할 날들이 은하수의 별들 만큼 많다. 하지만 별이 좋고, 아이들이 좋다. 그래서 오늘도 밤하늘 아래 반짝이는 아이들의 눈망울을 마주한다.

별을 보다보면 별만 보이지 않는다. 자연스레 내 마음을 들여다보게 된다. 그러다보면 어느새 다른 이의 마음도 헤아려보게 된다. 서툴지만, 그렇게 한 뼘씩 내 안의 우주를 넓혀가고 있다.

별을 본다는 것, 일상을 살아간다는 것, 별을 통해 사람들

을 만난다는 것, 아이들의 천진난만한 질문 하나로, 지나가
는 말 한마디로 나의 삶 구석구석을 살핀다는 것…. 천문대장
으로 일하며 만난 우주는 오늘도 내 삶에 진한 흔적을 남기고
있다. 진심이고 진실이다.

 차곡차곡 쌓인 옅고도 짙은 삶의 조각들을 이곳에 기록한
다. 우주에 눈과 마음을 맞대며 느껴온 순간들을, 하루하루를
담았다. 아이들과 함께 바라본 거대한 우주를 담았다.

 오늘도, 이 순간도, 나는 별을 통해 삶을 배운다.

2020년 7월

조승현

목차

작가의 말 004

1부
별 볼 일이
나의 일

오래 볼수록 반짝이는 것들 · 015

매일 새로운 우주를 만들어간다 · 022

반짝반짝 작은 별 · 026

제 직업은 노코멘트입니다 · 029

그 '대장'이 아니라요 · 036

별 요리사 · 040

별 보러 갈 거야? · 044

내가 손에 쥐고 있던 것 · 048

낮을 잘 살아야 한다 · 053

나는 진짜 강사인가 · 057

누군가의 우주를 지키는 방법 · 063

어머니의 비상금은 책꽂이에 꽂혀 있다 · 067

2부

장엄한 우주의
하늘을 이루는 것은
작은 별들이다

누군가의 슬픔은 별빛 만큼 멀다 · 077

푸른 별이 뜬 어느 밤이었다 · 083

외로움도 서툴게 걸었다 · 089

별 보러 가지 않을래? · 092

고향 집의 송사리 · 096

달나라로 떠난 내 집 마련의 꿈 · 100

블랙홀에 터진 허벅지 · 105

나는 매일 밤 지옥으로 떨어졌다 · 109

그렇다고 달에 갈 수는 없으니까 · 114

제 삶은 계속 이렇겠습니까? · 118

3부

우주는
상상하는 만큼
커진다

끝날 때까진 끝난 게 아니다 · 127

사소한 일에 윤기를 내는 사람 · 132

그래서요? · 136

사실, 저도 우주 영화 어렵습니다 · 142

결핍으로 채워지는 것들 · 149

고작 혜성 같은 걱정입니다 · 156

100퍼센트의 관측지 · 163

로켓은 슬픈 굉음을 뿜었다 · 169

우리 삶에 다시 스위치가 켜질 때 · 175

4부

별빛 아래서
모두
행복하기를

북극성 같은 사람 · 183

3천억 개의 기적 · 190

5퍼센트의 우주 · 194

태양보다 밝은 마음 · 199

삶에는 위기보단 게으름이 더 많다 · 205

'내일'이란 말은 최소한만 믿어야 한다 · 211

흐린 별빛 몇 개로도 · 217

우주를 가뿐히 내려놓을 때 · 224

1부

/

별 볼 일이
나의 일

오래 볼수록
반짝이는 것들

어느 화창한 가을날이었다. 하늘이 엄청 맑다고 얘기해주
니 아이들이 우주를 담을 기세로 눈을 한껏 키우며 물었다.
"그럼 별도 엄청 잘 보이겠네요?" 당연하다고 말하는 순간
환호가 터졌다. "앗싸!"

제대로 신이 난 아이들은 별을 보러 갈 때 한 번에 두 계단
씩을 훌쩍 타넘었다. 우리는 흩날리는 벚꽃보다 더 빼곡하게
들어찬 밤하늘을 올려다보았다. 아이들이 말했다.

"쌤… 근데 별이 어딨어요?"

"응? 별 많잖아!"

세상에는 오래 볼수록 더 반짝이는 것들이 있다.
밤하늘의 별처럼, 누군가를 향한 사랑처럼.
별을 만나려면 얼마 동안 눈을 감고 시간을 세어야 한다.

"네?"

"선생님은 백 개도 넘게 보이는데?"

"백 개는 무슨 백 개예요…."

아이들은 밝은 별 몇 개만을 열심히 바라보았다. 점차 깨끗한 도화지 같은 아이들의 얼굴에 글씨가 써지기 시작했다.

대실망.

아이패드를 기대하며 선물 상자를 열었는데 스케치북이 들어 있다면 이런 표정일까. 바닥에 나뒹구는 기대와 실망을 주워담는 방법은 따로 없다. 원하는 것을 주어야 한다.

"애들아, 눈 잠깐 감아봐. 선생님이 신기한 얘기 하나 해줄게."

아이들이 눈을 감았다. 비록 눈꼬리는 처지고 입은 삐쭉 나왔지만 그래도 순순히 눈을 감는다. 어쩜 이리도 귀여울까? 나는 잠시 숨을 고르고 '북두칠성이 된 일곱 형제 이야기'를 들려주었다.

"옛날옛날에 우애 좋은 일곱 형제가 살았는데 말이야, 글쎄 이 중에 넷째가 엄청 말썽꾸러기였대. 너네처럼. 그래서 북두칠성 중에 네 번째 별만 잘 안 보이는 거야."

피식하며 웃는 아이들에게 말했다.

"자, 이제 눈을 떠볼까?"

기다림은 때로 지루하고 두렵다. 그러나 언젠가 기다림 건너편에서
소중하게 반짝이는 무언가를, 우리는 결국 만나고야 말 것이다.

© 수지어린이천문대장 신용운

감았던 눈을 뜨고 다시 밤하늘을 올려다본 아이들이 화들 짝 놀라며 말했다.

"쌤! 별이 나타났어요!!!"

누군가 말했다. 사랑은 타이밍이라고. 나는 감히 말한다. 별도 타이밍이다. 마주하는 순간 망설이지 말아야 한다. 초록빛의 레이저를 꺼냈다. 새까만 하늘에 레이저를 쏘니 별이 마구마구 튀어나왔다. 아이들의 함성도 다시 한번 튀어나왔다. 드디어 아이들에게도 별빛이 닿은 것이다.

별을 보는 데는 시간이 필요하다. 작은 개울에 떼를 지어 움직이는 송사리를 발견하려면 한동안 물속을 들여다봐야 하는 것처럼, 얼마간의 기다림이 필요하다. 눈을 뜨고 별을 찾기 전에 눈을 감아야 한다. 별이 한두 개밖에 보이지 않더라도, 가만히 기다리며 별빛에 집중하면 어느 순간 주변의 별들이 서서히 보이기 시작한다.

몇 해 전 방영한 예능 프로그램 〈효리네 민박〉에서 이효리, 이상순 부부는 그들이 살고 있는 제주도 집을 민박집으로 만들어 손님을 받았다. 민박집 오픈 둘째 날, 손님들과 함께 모닥불 앞에 앉아 있던 그들은 갑자기 집의 모든 불을 끈다. 그러자 밤하늘에 온통 수놓아진 별들이 모습을 드러낸다. 모두 탄성을 지른다.

"별 진짜 많아!"

그리고 이효리는 어느새 이상순의 곁으로 가 그의 품에 안기며 이야기 한다.

"되게 신기하지 오빠? 계속 보고 있으면 더 많이 보이고, 더 반짝이지?"

그러고는 이어서 말한다.

"나도 오빠가 계속 봐주면 더 반짝인다?"

세상에는 오래 볼수록 더 반짝이는 것들이 있다. 밤하늘의 별처럼, 누군가를 향한 사랑처럼. 별을 만나려면 얼마 동안 눈을 감고 시간을 세어야 한다. 기다림은 때로 지루하고 두렵다. 그러나 언젠가 기다림 건너편에서 소중하게 반짝이는 무언가를, 우리는 결국 만나고야 말 것이다.

매일 새로운
우주를 만들어간다

때로 성품보다 꾸밈새로 한 사람을 판단하게 되는 순간이
있다. 안타까운 이 사회의 현실이기도 하지만 생각해보면 우
리는 외면과 내면을 동시에 지닌 존재가 아닌가. 자신이 입는
옷이 곧 스스로의 아이덴티티를 드러낸다는 말도 그런 맥락
에서 보면 수긍이 되기도 한다.

밤하늘도 꾸며야 하는 줄 몰랐다. 별은 그 자체로 낭만적이
니까, 별자리는 재밌으니까, 책에 담긴 백과사전 같은 이야기
를 던져도 즐거워할 줄 알았다. 그런 믿음을 가지고 있었으니
천문대 강사가 된 이후 아이들에게 포격 같은 질문을 받을 수

밖에.

"오늘은 왜 재미가 없어요?"

"쉬는 시간은 언제예요?"

"아까 본 별이 더 밝은데 이건 뭐하러 봐요?"

같은 별자리도 어떤 이야기를 들려주느냐에 따라 듣는 이의 표정이 달라진다. 심오한 다큐처럼 접근해야 하는 별도 있고 막장 드라마 같이 상식을 깨는 내용과 반전이 있는 이야기가 어울리는 별도 있다. 물론 빵빵 터지는 예능 프로그램 같은 이야기를 곁들인다면 최고다. 한 해에도 수없이 개편되는 방송처럼, 끊임없이 변화하며 인기를 끌 만한 이야기를 찾는 사람이 좋은 강사라 생각하는 나는 새로운 천체를 만나면 소매를 걷어붙이고 마치 형사처럼 비장한 대화를 시작한다.

강의 준비는 기본적으로 취조다. 녀석의 외모, 특징, 과거와 현재 위치까지 빠짐없이 캐낸다. 즐거운 요소가 있는지, 숨겨진 에피소드는 없는지 세심히 탐색한다. 아이들이 좋아할 만한 질문 리스트도 만들어 꼼꼼히 물어본다.

"아, 네가 블랙홀이구나. 너는 뭐든지 빨아들인다고? 사람이 들어가면 어떻게 되는데? 아, 좀 잔인하네…. 혹시 지구랑도 가깝니? 휴, 아니구나. 그동안 네가 출연한 영화들 쭉 읊어 봐. 우와, 이렇게나 많다고? 너 완전 스타네!"

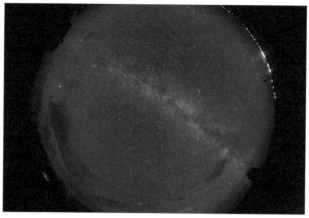

인기 없던 '고래자리'가 바다 괴물 '케투스'의 이야기로 인기를 얻고,
평범해 보이는 별이 곧 폭발해 보름달 만큼 밝아질 거라고 하자
아이들이 호기심 가득한 눈빛으로 다시 망원경에 눈을 댈 때,
그 희열은 강의를 해본 사람만이 안다.

존재감도, 재미도 없는 별이 있으면 자료를 뒤적이며 측은하게 말을 건네기도 한다.

"너는 뭘 하고 다닌 거야? 태양보다 천 배는 크면서 왜 이렇게 존재감이 없냐? 아, 그럴 만한 사정이 있다고?"

인기 없던 '고래자리'가 바다 괴물 '케투스'의 이야기로 인기를 얻고, 평범해 보이는 별이 곧 폭발해 보름달 만큼 밝아질 거라고 하자 아이들이 호기심 가득한 눈빛으로 다시 망원경에 눈을 댈 때, 그 희열은 강의를 해본 사람만이 안다. 강사의 수업은 우주에 관한 지식과 아이들의 관심을 연결해주는 과정이다. 별들은 꾸민 만큼 빛난다.

이야기를 입혀주면 별이 더 빛난다니, 이건 좀 많이 멋지지 않은가. '내가 이야기를 만들기 전에, 그 별은 다만 하나의 빛에 지나지 않았던' 것이다. 고작 88개의 별자리에도 마음만 먹으면 88만 개의 이야기를 창조해낼 수 있다는 사실이 뿌듯하다. 매일 새로운 우주를 만들어가는 일을 할 수 있어 즐겁다.

반짝반짝
작은 별

"별은 왜 반짝여요?"

눈부시게 반짝이는 별을 보면서 많은 아이들이 묻는다. 보석처럼 다양한 빛을 내는 게 어지간히 신기한가 보다. 하지만 실제로 별이 반짝이는 것은 아니다. 지구에 도달한 별빛이 대기층에 의해 흔들린 탓에 그렇게 보이는 것이다. 별의 반짝임은 사실 일렁이는 빛인 것이다.

어느 날, 천문대 수업을 시작하기 전 갑자기 한 아이가 달려와 서운하다며 볼멘소리로 말했다.

"선생님! 너무해요. 선생님이 지섭이한테 저 모른다고 하셨다면서요?"

"무슨 소리야, 선생님이 어떻게 윤호를 모르겠어?"

"지섭이가 선생님한테 저 아느냐고 물었을 때, 선생님이 모른다고 했댔어요!"

"지섭이가 수업 중에 물어보길래, '수업 중엔 선생님 이름도 까먹으니까 친구 얘기는 이따 끝나고 물어봐줘'라고 했던 거야."

"진짜죠? 그럼 선생님 저 아는 거죠?"

"그럼. 선생님이 우리 윤호 얼마나 좋아하는지 알면서!"

윤호는 비로소 도끼눈을 풀고 동그란 토끼눈으로 밝게 수업을 들었다. 얼마나 속상하고 서운했을까.

말이란 꼭 별빛 같다. 이 사람 저 사람을 거치며 공기 중에 이리저리 흔들린다. 그러다보면 어느새 처음 말이 지녔던 색을 잃고 전혀 다른 색이 되기도 한다. 그러니 반짝이는 것이 꼭 좋은 것만은 아닌 것 같다.

천문학자들도 흔들리지 않은 순수한 별빛을 보기 위해 망원경을 대기 밖 우주에 쏘는 등 고군분투하고 있다. 역시 말이나 빛이나 원본 그대로 전달되는 게 좋다. 그러니 다음 시간에 윤호가 오면 먼저 다가가 말해줘야겠다.

"윤호야, 선생님이 너 많이 좋아하는 거 알지?"

말이란 꼭 별빛 같다.
이 사람 저 사람을 거치며 공기 중에 이리저리 흔들린다.
그러다보면 어느새 처음 말이 지녔던 색을 잃고
전혀 다른 색이 되기도 한다.
그러니 반짝이는 것이 꼭 좋은 것만은 아닌 것 같다.

제 직업은
노코멘트입니다

대학생 때부터다. 전공이 뭐냐는 질문에 "천문학과예요"라고 대답하는 순간부터 질문은 폭발했다. "우와. 천문학과래. 재밌어요?" "별자리 같은 거 다 알아요?" "교수님들이랑 별도 보러 다니고 그래요?" 처음엔 환영과 관심을 받는 것 같아서 그저 즐거웠는데 그것도 며칠뿐. 결국에는 이순신 같은 비장한 표정을 지으며 답하게 됐다.

"아니요. 물리와 수학 관련된 이야기가 교수님과 나누는 유일한 대화인걸요. 허허."

천문대에서 일한 후로는 더 심해졌다. 천문대 강사라는 직업을 밝히면 뭘 가르치는지, 정말 밤에 일하는지, 깊은 산속에서 일하는지, 천문학과만 들어갈 수 있는지, 국가직인지 아닌지… 비슷한 질문이 쉬지도 않고 쏟아졌다. 덕분에 나는 예상 질문을 달달 외운 취업 준비생이 되었다. 슉, 질문이 접수되면 툭, 하고 답을 내어놓는 대답 자판기. 그게 바로 나였다.

언젠가 소개팅을 주야장천 하는 친구에게 소개팅을 하면서 어떤 점이 제일 힘드냐고 물은 적이 있다. 친구는 1초도 망설이지 않고 답했다.

"똑같은 말을 반복하는 게 너무 지쳐. 소개팅을 시작하고 1시간 동안은 누구를 만나든 다 똑같거든. 자기소개를 하고, 관심사를 얘기하고. 정해진 대본처럼 수십 번을 말하다보면 이 사람이 내가 이미 만났던 사람인지, 새로운 사람인지도 헷갈린다니까?"

친구의 말에 무릎을 쳤다. 그래! 내가 하고 싶은 말이 딱 그거라니까! 생소한 직업에 보내는 호기심이야 감사하지만, 듣기 좋은 꽃노래도 한두 번이란 말이 있잖은가. 우주 이야기보다 천문대 강사의 하루를 더 많이 이야기하게 될 줄이야. 그러므로 나에게 직업 공개란 자기소개로 시작해서 면접으로 끝나는 다소 피곤한 일이었다.

물론 내 직업을 스스럼없이 이야기하던 순간도 있었다. 여행 삼아 미국의 유서 깊은 릭Lick 천문대를 방문했을 때의 일이다. 산 위에 설립된 세계 최초의 천문대로 거대한 3미터 망원까지 볼 수 있는 곳이었다.

하지만 그러면 뭐하나. 구불거리는 산길 탓에 속도를 조금 늦췄더니 관람 시간을 넘겨버렸다. 맙소사. 저편에서 넘실대는 멀미에게 제발 다가오지 말라고 위협하며 험한 절벽 길을 1시간이나 올라왔는데 볼 수 없다니, 이를 어쩐담. 방법은 하나였다.

"제가 사실, 한국의 천문대에서 일하는데요…."

뜻밖의 동료를 만난 안내원은 함박웃음을 짓더니 "오! 마이 프렌드"라고 말하며 금빛 열쇠를 들고 직접 천체 망원경실로 안내했다. 얼마나 다행이었는지.

싱숭생숭한 어느 봄이었다. 집안에서 칙칙한 오후를 보내던 나에게 친구가 꽃잎 같은 말을 떨궜다. 영어 스터디에 나가보라는 권유였다.

"너도 영어 좋아하잖아. 펍처럼 맥주 한잔하며 대화하는 곳인데, 영어로만 말할 수 있어. 사람들도 엄청 많고 재밌다니까?"

봄이었고, 월요일 저녁이었다. 거리엔 온통 벚꽃이 흩날리고 있었다. 그런데 스터디를 가라고? 친구에게 전화를 걸어

서른을 넘겨서야 믿는다. 세상에 안 좋기만 한 것은 없다고.
반복으로 얼룩진 물음도 윤기나게 닦아주는 사람이 어딘가에 있다고.
맑아진 유리창에 나와 그녀 그리고 행복이 차례대로 모습을 비춘다.

© 수지어린이천문대장 신용운

당장 한강을 걷자고 해야 했지만, 그러지 못했다. 남자 둘이 걷긴 뭘 걷는단 말인가. 내 발길은 기어코 스터디 장소로 향했다.

나는 웃고 있었다. 웃음이 끊이질 않고 있었다. 어색하고 낯설 줄 알았는데 꽤 재밌었다. 아르헨티나에서 온 대학생과 담소를 나누다가, 정장을 입고 나온 회사원과도 이야기하다가, 열성적인 취준생과 이런저런 대화를 나누기도 했다. 별 내용 없는 대화로도 시간은 기차처럼 줄줄이 지나갔다. 그 안에 있는 사람들과 나는 모두 웃음 짓고 있었다. 그러다 어느 순간 눈웃음이 생글한 여자가 내 앞에 와 있었다. 눈부신 여자가 물었다.

"무슨 일을 하세요?"

글을 쓴다고 하려고 했다. 그러나 나보다도 먼저 그녀에게 반해버린 뇌는 격하게 반응했다. '관심을 끌어, 이 멍청아.'

어떻게 해서든 더 나은 사람으로 보여야 했다. 더 궁금한 사람이 되어야 했다. 그러니 지성과 특별함을 겸비한 멋진 사내처럼 보일 수 있는 말을 찾아야 했다. 하지만 관심을 끌라고? 여기서? 어떻게?

"천문대에서 별을 봅니다. 천문학을 전공했어요. 저는 제 일이 정말 좋아요."

목소리를 깔고 최대한 부드러운 남자처럼 말했다. 묻지도 않은 전공과 직업 만족도까지 공개하며 여유로운 듯 말했다. 이때껏 별을 본다고 말하면 쏟아질 질문들을 그토록 귀찮아 했으면서, 그날은 도리어 상대가 그 질문을 안 하면 어쩌나 전전긍긍하는 남정네가 된 것이다. 돌이켜보면, 나는 그날 하나를 물으면 열을 답하는 열성적인 답변 머신이었다.

그래서 어떻게 됐냐고? 오랜 시간 숱한 질문으로 단련된 나는 어떤 질문에도 딱딱하지 않게 답할 수 있었고, 마침내 성공으로 끝났다. 그날의 만남은 데이트로 이어졌다. 밤톨 같은 달이 벚꽃에 닿는 새벽까지 강변을 걸었다. 3년 전 낀 그녀와의 팔짱은 풀어지지 않았고, 결혼한 지금까지 이어지고 있다.

서른을 넘겨서야 믿는다. 세상에 안 좋기만 한 것은 없다고. 반복으로 얼룩진 물음도 윤기나게 닦아주는 사람이 어딘가에 있다고. 맑아진 유리창에 나와 그녀 그리고 행복이 차례대로 모습을 비춘다. 흠흠, 괜히 목을 두어 번 가다듬고 말해 본다.

"안녕하세요. 천문대에서 별을 봅니다. 저는 제 일이 정말 좋아요."

그 '대장'이 아니라요

호칭은 누군가를 담는 그릇이다. 많은 학생들의 존경을 받는 교수님도 그를 모르는 이에겐 '아저씨'로 불릴 수 있고 백화점에서는 '고객님'으로 불리기도 한다. 그래서 누군가를 어떻게 부를 것인가는 늘 고민이 된다.

"네, 천문대입니다."

"천문대 예약을 좀 하고 싶어서요."

"네, 안녕하세요."

"그런데 통화하시는 분을 제가 뭐라고 불러야 할까요?"

"대장님이라고 부르시면 됩니다."

"대… 대장님이요?"

세상에는 많은 대장이 있다. 어린 날에는 골목을 주름잡던 골목대장이 있었고, 대한민국 군대의 가장 높은 계급도 대장이다. 별을 무려 네 개나 달고 있다. 가수 박효신도 '대장님'이라는 별명을 지니고 있다. 그의 팬클럽인 '소울 트리'에서 팬들은 '나무'로 불리고 박효신은 그 중심에 있는 나무라고 해서 '대장나무' 혹은 '대장'이라고 불린다고 한다. 여기에는 그를 대장으로 여기는 팬들의 마음 또한 담겼을 것이다. 그러므로 대장이란, 누군가를 믿고 따르는 존재를 대표하는 명사다.

하지만 천문대의 대장은 이런 대장과는 의미가 다르다. 학교의 교장, 학원의 원장처럼 천문대의 장長을 가리키는 말이기 때문이다. 그러니 '천문대'에서 '천문'을 생략하고 그냥 '(천문)대장입니다' 해버리면 쉽사리 오해가 발생한다. 간혹 비웃음을 사기도 한다.

"대장? 크큭, 무슨 방가방가 햄토리야?"

"아 그게… 천문대라서 대장인 거야. 그렇다고 천문대 대빵입니다, 할 순 없잖아."

"맞는 말이긴 한데 웃긴 걸 어떡해. 하하."

나의 오랜 친구 A는 대장이 되었다는 말에 축하와 함께 비

강사로서의 삶은 무엇과 비교할 수 없을 정도로 행복했다.
아이들과 함께 별빛을 쐬는 일은 청청한 여름밤 대청마루에
누워 있는 것 같이 편안했다.
그러나 이젠 대장으로, 한 회사의 대표로 천문대에 서 있다.
햄토리 같은 우스꽝스러운 단어 위에 놓인 청년은 아직도 어지럽다.
나는 대장이 될 만한 사람인가.

웃음도 덤으로 얹어주었다. 나는 그 웃음을 받아들고 잠깐 웃었다. 그러다 금세 쓴맛이 퍼지는 그 단어를 탁, 하고 뱉었다. 삼켜지지 못한 단어 주변은 온통 어지럽다. 비웃음을 산 단어 주위로 책임과 소통, 경영, 미래와 같은 말들이 차갑게 공전한다. 5명의 직원, 그 외 존재하지 않는 상사는 내가 한 회사를 대표한다는 무게감을 양쪽 어깨 위에 무겁게 얹어놓는다.

강사로서의 삶은 무엇과 비교할 수 없을 정도로 행복했다. 아이들과 함께 별빛을 쐬는 일은 청청한 여름밤 대청마루에 누워 있는 것 같이 편안했다. 그러나 이젠 대장으로, 한 회사의 대표로 천문대에 서 있다. 햄토리 같은 우스꽝스러운 단어 위에 놓인 청년은 아직도 어지럽다.

나는 대장이 될 만한 사람인가.

어지러운 생각 사이로 그 물음이 끼어들자 일순간 세상은 고요해진다. 오로지 그 어둡고 무거운 질문만이 남아 블랙홀처럼 주변의 빛들을 삼켜버린다. 대장의 머릿속은 밝고 어둡기를 반복한다. 이제까지의, 앞으로의 요일 또한 그럴 것이다.

별 요리사

누군가 요리를 좋아하느냐고 물어보면 나는 이렇게 답한다. "자취를 10년 정도 했습니다." 그러면 반드시 이런 대답이 돌아온다. "우와, 그럼 요리를 꽤 잘하시겠어요!"

하지만 자취를 해본 사람이라면 누구나 안다. 자취 기간과 요리 실력은 결코 비례하지 않다는 걸.

어렸을 적 요리 경험이라곤 어머니 생신 때 끓여본 미역국이 다였다. 미역국을 만들면서 나는 여러 번 당황스러웠다. 물을 만난 말린 미역은 잔뜩 불어 헐크처럼 거대한 초록 괴물이 되어 있었고, 살짝 볶아서 넣으면 좋다는 소고기는 팬에 넣자마자 까맣게 타버렸다. 결국 끓일수록 텁텁한 맛을 뿜어내는 섬뜩한 미역국이 완성되고 말았다. 생신날 아침, 어머니는 내가 끓여놓은 미역국을 맛보고 이렇게 말씀하셨다.

"어머! 아들내미가 끓여주는 미역국, 정말 맛있네!"

그러곤 간장과 조미료를 넣고 간을 다시 맞추셨다. 그날 이후, 난 요리와는 거리가 먼 사람이 되었다.

다시 위험한(!) 욕구가 타오른 것은 자취를 시작한 후였다. 이것저것 시도해보겠다며 그게 뭐든 마구 볶아댔는데 맛이 꽤 괜찮았다. 간단한 볶음 요리는 크림 스파게티와 봉골레 파스타 같은 숙련된 기술이 필요한 요리에까지 다다랐다. 계란을 굳이 텀블링tumbling시켜 뒤집는 허세를 부릴 때쯤 돼서야 룸메이트가 말했다.

"네 요리는 늘 신기한 맛이 나."

TV 프로그램에 나오는 요리사들의 대화는 가끔 딴 세상 이야기처럼 들린다. "하하, 설탕 대신 매실청을 사용할 생각이고요, 적절한 비율로 섞어 맛있는 소스를 만들 겁니다." 그들은 '적절한 비율'을 머릿속으로 계산한다. 재료가 부족하면 다른 재료로 대체한다. 도대체 먹어보지도 않고 그걸 어떻게 예상하는 걸까? 마구 섞인 물감들 속에서 원하는 색만 쏙쏙 빼내는 것보다 훨씬 대단해 보인다.

한쪽은 어둠 속에서, 한쪽은 불 앞에서 능력을 발휘한다.
먹고사는 일이라 별을 아는 사람과, 먹고사는 일을 좀 더
품격 있게 만들어주는 요리사의 삶이 서로 부드럽게 섞여 녹아든다.

"여기 밝은 별 보이시나요? 이 별은 처녀자리의 스피카 spica 고요, 이것보다 조금 밝은 이 별은 사실 목성이랍니다."

"아니 선생님, 선생님은 다 똑같이 생긴 이 별들을 도대체 어떻게 구분하세요?"

"아… 밥 먹고 하는 게 별 보는 일이라…"

"저는 다 그 별이 그 별 같은데…!"

꽃봉오리가 아이들 미소처럼 만개한 어느 봄날, 한 아이가 내게 '선생님은 요리사 같다'고 말해주었다. 밤하늘에 흩어져 있는 별들을 맛나게 볶아 멋진 이야기를 만들어내는 게 요리와 비슷하다고 했다. 탁탁탁, 도마를 두드리며 맛을 내는 요리사와 지잉지잉 레이저를 쏘아대며 별을 보여주는 강사가 밤하늘 아래 겹친다. 한쪽은 어둠 속에서, 한쪽은 불 앞에서 능력을 발휘한다. 먹고사는 일이라 별을 아는 사람과, 먹고사는 일을 좀 더 품격 있게 만들어주는 요리사의 삶이 서로 부드럽게 섞여 녹아든다.

별 요리사, 아름다운 단어다. 마음이 따뜻해지는 단어를 품으며 소원한다. 별을 보는 사람들의 먹고사는 일이 품격 있기를. 더불어 나의 진짜 요리도 조금은 더 맛있어지기를.

별 보러 갈 거야?

"별 보러 갈 거야?"

친구가 물었다. 제주도로 떠나기 직전이었다. 천체 사진 촬영이 취미였던 친구는 날씨가 괜찮으려나, 혼자 걱정하고 있었다. 그러곤 내 눈치를 살폈다. 나는 비를 맞아 녹아가는 눈사람 같은 표정을 지으며 말했다.

"굳이? 거기서…?"

잘 이해가 되지 않았다. 얘는 천문대에서 일하면서 어떻게 쉬러 가는 곳에서까지 별을 보고 싶어할까. 이 정도면 일종의 병이 아닐까?

별을 '보는 것'과 '행복하게 사는 것'은 내게 뗄 수 없는 관계다.
그것은 아마 내가 일구는 행복의 텃밭에 '별'이라는 씨앗이
단단히 심겨 있기 때문일 것이다.

"별 보고 싶어?" 내가 말했다. 친구는 망설임 없이 대답했다. "아니, 안 볼 거면 카메라 두고 가게. 무거워 죽겠어." 역시 우리는 친구다.

여행을 떠나면 밤하늘을 바라본다. 반드시 봐야겠다고 마음먹고 보는 것은 아니다. 그냥 자연스러운 일이다. 의지보단 습관에 가깝다. 서글프게 몸에 밴 직업병이랄까.

그래도 '그 별 보기'와 '이 별 보기'는 다르다. 천문대의 강사로서 올려다보는 별과 여행객으로서 바라보는 별은 완전히 다르다. 직업인의 눈으로 별을 보는 것이 아니라 지친 나를 위로하는, 온전히 나로서 바라보는 별이니까. 어떤 책임감이나 목적의식도 없이 고개만 들면 되니까. 그저 보기만 해도 되니까.

천문대 강사로 일하며 이 일만으로도 행복하다고 말한다면 거짓말이다. 별은 밥을 먹여주지 않는다. 아무리 봐도 실제로 배가 부르진 않다. 내 위장은 별을 바라볼 때보다 곱창을 입에 넣을 때 더 큰 행복을 느낀다. 내 손은 망원경을 선물받을 때보다 아이패드를 선물 받을 때 더 설렌다. 그러니 내 모든 행복의 원천이 오직 별이나 우주라고 말한다면 그 역시 거짓말이다. 그것은 마치 나무뿌리처럼 너무나 다양한 갈래들로 구성되어 있으니까.

행복에는 씨앗이 필요하다. 그것이 뿌려져야 비로소 토양에서 건강한 새싹이 돋아나는 법이다. 여리고 작지만, 무한한 가능성을 품고 있는 새싹. 그렇기에 새싹은 현재와 더불어 미래를 아우르는 어떤 정서를 함께 지니고 있다. 그러니 내가 행복하기 위해서는 좋은 씨앗을 심어야 한다.

다행인 것은 '나'라는 토양에 뿌릴 행복의 씨앗이 다양하다는 것이다. 별을 좋아하는 조금 나이든 청년은 일을 할 때도 행복을 느끼지만, 퇴근 후 홀로 앉아 천문학 다큐를 보며 막걸리를 마시는 것도 좋아한다. 강변을 뛸 때도 즐겁다. 그 와중에 기울게 뜬 달을 보면 또 낭만에 젖곤 한다. 적어도 나는 그런 인간이다.

지금 이 일만으로 만족한다고 말할 순 없지만, 분명 별을 '보는 것'과 '행복하게 사는 것'은 내게 뗄 수 없는 관계다. 그것은 아마 내가 일구는 행복의 텃밭에 '별'이라는 씨앗이 단단히 심겨 있기 때문일 것이다.

내 직업이 지겹지 않아서 다행이다. 별을 바라보는 게, 별을 공부하는 게 괴롭지 않아 다행이다. 정말, 다행이다.

내가 손에
쥐고 있던 것

고등학교에 입학해 동아리를 고를 때였다. 원래는 천체 관측 동아리에 들어갈 생각이었다. 그러다 문득 이런 생각이 들었다. '별은 집에서도 볼 수 있잖아?'

그래서 나는 밴드부에 들어갔다. 누이가 "밴드부 오빠들 인기 진짜 많아"라고 무심결에 말했던 것이 좌뇌 전반을 차지해서는 아니었다. 그냥 연애가, 아니 연주가 하고 싶었다.

아주 솔직하게 말하자면 같은 취급을 받는 게 싫었다. 나는 천문학자가 될 사람인데, 벌써 3년 동안이나 혼자 별을 봤는데, 이제 막 별에 입문한 초짜 친구들과 별을 본다고? 용납될 수 없는 일이었다. 적어도 중2병이 아직 낫지 않은 사춘기 소년에게는 그랬다.

1년 뒤, 학교 축제가 열렸을 때도 나는 밴드 공연을 준비하고 있었다. 틀리면 어떡하지, 망치면 어떡하지. 피아노 건반처럼 마음이 들쑥날쑥 불안했다. 그때 천체 관측 동아리 친구가 말했다.

"축제 날 밤에 관측회가 있어. 별 좋아한다며? 너도 구경하러 와."

별을 보러 오라고? 천문학자가 꿈인 나에게 별을 보러 오라니, 역할이 바뀌어도 한참 바뀌었지 않은가. 기우뚱해진 고개 만큼 삐뚜름한 생각이 들었다. '별은 집에서도 볼 수 있잖아?'

그래도 뚜벅뚜벅 찾아갔다. 달도 뜨지 않은 어두운 밤이었다. 저 멀리 망원경을 설치해놓고 열심히 별자리를 설명해주는 친구들이 보였다. 나에겐 없던 달빛 같은 열정이었다. 한참 넋을 놓고 있는데 지구 과학 선생님이 다가왔다.

"승현이도 왔네. 승현이는 천문학자가 꿈이랬지?"

"네."

"별도 자주 보니?"

"네. 12인치 돕소니안 Dobsonian 망원경도 있어요!"

가만히 앉아서 '좋아하니까'라는 주문을 외워봤자 배만 고프다.
그랬다. 그냥 배만 고팠다. 나는 머리를 탁 쳤다.

"우와~ 멋진데? 그걸로 보면 안드로메다 은하나 ET 성단도 엄청 잘 보이겠다!"

"그… 그럼요."

"애들이 맞춰놓은 것도 있으니까 비교해봐."

"네?"

순간 정신이 아득해졌다. 안드로메다 은하를 친구들이 맞췄다고? 교실 불빛이 가득한 학교 운동장에서, 저 망원경으로? 나는 그런 걸 맞출 능력 같은 건 없었다. 사실 별자리도 모양만 알았지 언제 어떻게 뜨는지도 몰랐다. 그런데 내 친구들이, 같은 취급을 받기 싫어서 관측 동아리도 등지게 만들었던 그 친구들이, 나보다 훨씬 별을 사랑하고 있었던 것이다.

가만히 땅을 쳐다보았다. 내가 손에 쥐고 있는 것은 딱 두 개뿐이었다. 아무 노력 없이 아버지가 사준 12인치 돕소니안과 천문학자라는 꿈. 명확하게 표현하자면 나는 천문학자가 되고 싶어하는 입만 산 고등학생이었다. 아무에게도 말한 적 없지만, 나는 기억한다. 부끄러웠던 밤하늘 아래서의 그 대화를.

좋아하는 것만으로는 능력이 쌓이지 않는다. 가만히 앉아서 '좋아하니까'라는 주문을 외워봤자 배만 고프다. 그랬다. 그냥 배만 고팠다. 나는 머리를 탁 쳤다. 그리고 꾀죄죄한 스스로에게 말했다. 제발 집에서라도 별 좀 보자고. 고픈 배 잡고 있지 말고, 밥을 먹자고.

낮을
잘 살아야 한다

천문대에서 일하는 사람들 사이에는 '낮을 잘 살아야 한다'는 말이 있다. 조금 일찍 일어나 자신을 행복하게 하는 무엇을 해야 한다. 그렇지 않으면 '워라밸'은 고사하고 개인의 삶이 별똥별처럼 순식간에 사라진다. 처음엔 부푼 마음으로 채웠을 다이어리의 계획들은 순식간에 흩어지게 된다. 별을 보는 일을 하면서도 '별 볼 일 없는 하루'를 살게 되는 것이다. 그러니 '낮에 뭐했냐'는 물음은 낮을 잘 살아야 하는 직업을 먼저 겪은 사람으로서의 조언인 셈이다.

나는 직원들의 사생활을 종종 물어본다. 주말에 뭐했는지는 딱히 관심 없다. 출근하기 전, 낮에 어떻게 시간을 보내고 왔는지만 가끔 물어본다. 별을 봐야 하는 직업의 특성상 늦은 시간부터 일이 시작되기에, 출근 전까지의 하루가 궁금한 것이다. 밥은 먹었는지, 운동은 갔는지, 혹시 재미난 일은 없었는지 등등….

"성관아, 낮에 뭐했어? 운동했어?"

"그럼요, 오늘도 어깨 부쉈죠."

"소연이는 오늘 뭐했어?"

"저는 오늘 피아노 치고 왔어요."

세상에 이렇게 뻔뻔한 질문이 어디 있담. 개인의 사생활을, 그것도 구체적으로 캐묻다니. 요즘 같은 시대에 개인의 사생활을 묻는다는 것은 금기에 가까운 영역 아니던가. 하지만 발끝이 간지러울 정도의 민망함을 느끼면서도 나는 또 뻔뻔하게 묻게 된다.

"오늘 뭐했어?"

물론 이런 것들을 묻는 이유는 있다. 그저 무엇이라도 하면 좋을 것 같아서, 낮을 조금 더 즐겁게 보내면 좋을 것 같아서 그렇다. 천문 관련 직군은 퇴근 시간이 늦다. 밤 12시에 일을 마친다. 모두가 꿈속을 한참 헤맬 때가 되어서야 우리들은 회사를 떠나 집으로 향한다. 늦은 잠은 늦은 기상으로 이어진

천문대에서 일하는 사람들 사이에는 '낮을 잘 살아야 한다'는 말이 있다.
조금 일찍 일어나 자신을 행복하게 하는 무엇을 해야 한다.

다. 느지막이 점심쯤 일어나서 밥을 먹고 나면 금세 출근 시간이 되어버리는 것이다. 낮이 없는 하루는 간결하다. 출근과 퇴근이 전부다. 어느샌가 일 말고는 하는 게 없게 된다. 잠과 식사와 약간의 꼼지락거림, 이것들이 나의 낮을 통째로 삼켜버린다.

그래서 나는 출근 전 문화생활을 하는 직원들에게는 매달 5만 원을 주고 있다. 일주일에 한 번이라도 피아노를 치거나, 운동을 하는 등 자신만의 여가생활을 즐긴다고 하면 빠짐없이 준다. 고작 5만 원이지만, 고향에서 집을 나설 때 아버지가 몰래 주시던 용돈처럼 그들의 손에 꼬옥 쥐어준다. 낮을 잘 살아줘서 고맙다고. 게으름과 잠의 유혹을 이겨내고 밖으로 나와서 장하다고. 힘껏 응원한다고. 이런 모습이 꼰대 같기도 하지만 말이다.

사회적 지위가 높아질수록 입은 닫고 지갑은 열라던데, 나는 입만 크게 열고 지갑은 작게 연 게 아닌지. 그럼에도 작은 지갑이나마 계속 열 생각이다. 그들이 무언가를 꾸준히 했으면 좋겠다. 더불어 내가 여는 이 작은 지갑도 조금 더 커지기를 스스로에게 바란다. 그들에게 조금 더 묵직한 응원을 쥐어줄 수 있도록 말이다.

나는 진짜
강사인가

　가수 박진영은 매년 콘서트를 연다. 요즘은 가수 비와 원더걸스, 트와이스 등을 키워낸 제작자로 더 많이 알려져 있지만, 그는 누가 뭐래도 90년대 문화에 충격적인 새로움을 불어넣은 정상급 가수였다. 비닐 바지를 입고 청와대에 등장한 일화는 다시 생각해도 쇼킹한 사건이다. 초대받은 곳에 무대의상을 입고 등장한 그의 위트를, 그리고 용기와 배짱을 생각해보면 프로페셔널해 보이기도, 멋지게 느껴지기도 한다.

　작년 그의 콘서트에 갔을 때 그는 많이 지쳐 보였다. 그도 그럴 것이 어느새 50살에 가까워진 나이였다. 게다가 그는 가수 중에서도 댄스 가수. 그의 히트곡들은 하나같이 몸을 세차게 흔들어야 하는 곡들 뿐이었다. 아직도 매일 아침 1시간씩 목을 풀고 헬스를 한다는 그는, 이제 막 경기를 마친 복싱 선수처럼 연신 거친 숨을 내쉬며 말했다.

"저는 아직도 제작할 때보다 춤추며 노래할 때가 제일 행복해요. 저는 죽을 때까지 여러분 앞에서 공연할 거예요."

천문대에서 일하는 사람들의 주 업무는 수업이다. 하지만 대장은 수업을 거의 하지 않는다. 조금 더 적극적으로 변명하자면, 할 시간이 적다. 어떤 기관이나 회사 전체의 발전을 위해서 누군가는 관리를 해야 한다. 학교에서 교장, 교감 선생님의 역할이 그렇듯 대장의 역할도 마찬가지다. 경영을 해야 하고, 세무를 책임져야 한다. 어디 부서진 곳은 없는지, 망원경에 문제는 없는지 항상 주의깊게 살펴야 한다. 천문대에 쏟아지는 끊임없는 문의와 컴플레인도 마주해야 한다. 수업을 좋아하지만 직책이 직책이다보니 본의 아니게 관리자 역할만 하게 된다.

하지만 대장도 강사다. 강사는 수업을 해야 한다. 천문대 강사들은 연구하는 시간이 많다. 어떻게 하면 밤하늘이 품은 신비를 즐겁게 알려줄 수 있을까 고민한다. 밤하늘에 꼭꼭 숨어 있는 천체를 망원경으로 능숙하게 찾기 위해 연습하고, 몇 년을 외워도 낯선 별 이름들을 반복해 외운다. "쌤, 저 별은 뭐예요?" 하는 질문에 "글쎄…" 하며 머뭇거리기 싫어서다. 더 쉽게 설명할 수는 없을까 고민하며 책을 읽고, 새롭게 들려줄 이야기는 없는지 영문 뉴스를 뒤적인다. 그러다 아이들에게 말해줄 재미난 이야기라도 생각나면 어린아이처럼 흥분하며 수업 시간이 가까워오기를 고대한다. 가수가 노래할 때 행복하듯이, 강사는 수업을 할 때 행복하다.

수업을 주로 하던 강사가 대장이 되고 나서 처음으로 느낀 감정은 결핍이었다. 아이들과 별을 보는 일이 좋아서 시작한 일이었다. 낯설게 짊어진 대장 직함은 수업을 앗아갔고, 그 빈자리엔 책임만 한 움큼 얹어졌다. 젊은이에게 대장은 '덜 행복한 일'이었다.

그러나 에디슨은 회사의 대표가 되어서도 연구를 계속했으며, 성룡은 영화감독이 되었지만 꾸준히 배우로 출연했고, 박진영은 JYP의 대표로 있으면서도 매년 콘서트를 하고 있다. 그들에게 자신의 분야는 책임 그 이상의 열정이었던 것이다.

박진영의 말처럼 나도 관리보다는 몸을 움직이며 수업할 때가 제일 좋다. 아이들의 엉뚱하고, 때로는 예리하며, 기발한 질문들에 답하는 순간이 가장 행복하다.

그러니 최선을 다해 대장 역할을 해야겠다. 물렁한 경험과

© 수지어린이천문대장 신용운

지식 위로 대장의 근육을 쌓아야겠다. 거친 호흡과 노력이 쌓이면 조금은 탄탄해질 것이다. 그러고 나면 어깨를 짓누르는 이 책임감도 조금은 가벼워지지 않을까. 그 틈으로 여유가 자란다면, 언젠가는 더 안정되고 단단해진 마음으로 천문대에서 수업을 할 수 있을 것이다.

인연이 다할 때까지는 아이들과 별빛 아래에서 만나고 싶다. 강사로서의 즐거움과 행복을 잊지 않고 싶다. 오늘도 나는 나에게 묻는다.

나는 진짜 강사인가.

누군가의
우주를 지키는 방법

아이들에게 종종 유명한 천체 사진을 선물하는데, 가끔은
아이들이 먼저 사진을 찾기도 한다.

"선생님, 오늘 관측한 별 사진은 없어요?"

"아쉽게도 없네."

"너무 예뻐서 사진으로도 꼭 갖고 싶었는데…"

"대신 다음 달에 한 번 더 보여줄게!"

아이는 "네" 하고 말하며 돌아섰지만 뒷모습에서도 실망
한 표정이 보였다.

수업이 끝나고 교육 준비실로 돌아왔다. 수업 자료를 정리

하다보니 사진 보관함 구석에 아이가 말한 천체사진이 10여 장 박혀 있었다. 여러 사진과 뒤섞여 미처 발견하지 못했던 것이다. 부족한 나의 주의력에 미간이 살짝 찌푸려졌다. 조금만 더 꼼꼼히 눈여겨보았다면 줄 수 있었을 텐데. 실망하며 돌아간 아이의 표정이 내 미간 주름 사이에 끼워졌다.

세상에서 가장 못난 강사는 학생의 열망을 해결해주지 못하는 강사다. 덜렁대서 그렇고, 세심하지 못해서 그렇다. 사진이야 고작 100원쯤 하지만, 가치는 가격대로 매겨지지 않는다.

한기가 도는 교육 준비실에 서서 상상했다. 혹시 타이밍에 맞게 사진을 줬더라면, 그래서 원하던 사진을 제때 받았더라면, 아이는 평생 사진 속 천체를 자신의 우주처럼 여길 수도 있지 않았을까. 어쩌면 예순에 가까운 나이가 되어서도 핸드폰 배경 사진을 그 사진으로 해놓을 수도 있지 않았을까.

설을 맞아 놀러온 손자가 우연히 그 사진을 보고 물으면 이렇게 답하지 않았을까.

"할아버지 마음속에서 가장 빛나는 별이란다."

어쩌면 나의 부주의함이 먼 훗날 손자에게 차근차근 늘어놓았을지도 모르는 아이의 거대한 우주를 없애버린 것이 아닐까?

나의 부주의함이 누군가의 미래를 훼방놓아서는 안 된다.
주변을 몇 번이고 더 세심히 둘러보는 일이라도 시작해야 한다.
그 정도의 노력만으로 누군가의 우주를 지킬 수 있다면,
나는 몇 번, 아니 몇백 번이라도 그렇게 할 것이다.

생각이 여기까지 미치자 '상상도 좀 적당히 하자'싶다가 '앞으로 또 그러면 안 되지' 하는 다짐으로 마무리했다. 천천히 주변을 살폈다.

나의 부주의함이 누군가의 미래를 훼방놓아서는 안 된다. 주변을 몇 번이고 더 세심히 둘러보는 일이라도 시작해야 한다. 그 정도의 노력만으로 누군가의 우주를 지킬 수 있다면, 나는 몇 번, 아니 몇백 번이라도 그렇게 할 것이다.

어머니의 비상금은
책꽂이에 꽂혀 있다

　내가 살았던 동네엔 방 한 칸만 한 책방이 있었다. 만화책은 200원, 소설책은 300원에 빌릴 수 있었다. 어머니는 8살된 나를 데리고 자주 그 책방에 들렀다. 문을 열면 코밑에 낡은 책 냄새가 스쳤다. 소설책이 몇 권 어머니 손에 들리면 나도 한두 권을 따라 집었다.

　지루함을 깔고 등으로 방을 훑고 다니다보면 빌려온 책들이 꼭 옆구리에 치였다. 일요일 낮은 늘 고요했고 햇살이 좋았다. 그 빛 아래서 어머니는 배를 깔고 엎드려서 책을 보았다. 사각. 책장을 넘기는 소리에 맞춰 시간도 살며시 걸었다.

책이 좋아진 것은 그때쯤이었던 것 같다. 땀이 흥건했던 토요일과 마음이 급한 월요일의 가운데서 나도 어머니와 함께 배를 깔고 엎드렸을 때. 이야기를 읽기보단 글자를 읽었을 때. 그렇게 한 자 한 자 눈으로 시간을 가두었다. 어머니와 나의 일요일은 잔잔하게 흘렀다.

그러고보면 어머니가 좋아하는 것은 하나같이 소박했다. 시간이 나면 뒷산을 마실 삼아 올랐다. 주말엔 성당에서 목청껏 성가를 불렀다. 돈이 드는 취미는 하나도 없었다. 300원을 내고 빌리는 책이 어머니의 유일한 소비적 취미였다.

그런 어머니에게도 비상금이 있었다. 천으로 된 가방을 몇 년씩 쓰던 어머니에게도, 옷장엔 늘 보던 옷들만 가득하던 어머니에게도 비상금이 있었다. 그 돈을 쥐고 어머니는 말했다.

"이번에 새로 나온 전집이 있다던데, 읽어볼래?"

"무슨 책인데요?"

"과학 전집이야. 우주 얘기도 많이 나와 있대."

"진짜요? 사주세요!"

"아빠한텐 비밀이야."

비상금이 쓰이는 곳은 책이었다. 내 방 한쪽 벽은 전부 책장이었고, 한 층 한 층 모두 책으로 채워졌다. 1층엔 아빠 몰래 산 과학 전집, 2층엔 숙제할 때 좋은 백과사전, 3층엔 헐거

워질 때까지 읽던 세계 명작과 내 꿈을 응원해준 우주 전집까지. 아버지가 책을 사지 못하게 한 것은 아니지만 지난한 설득의 과정이 필요했다. 그 과정이 간결해진 만큼 어머니의 비상금은 나를 위한 책이 되어 차곡차곡 책꽂이에 꽂혔다.

시간은 폭포 같아서 세차게 떨어져 가만히 웅덩이에 고인다. 모질게 시간을 맞고 나니 어느새 비상금을 만들어야 할 나이까지 물이 고였다. 어디다 비상금을 써야 할까. 옷을 살까. 고생한 나에게 딱새우를 선물할까. 아니면 꽃을 한 번 사 볼까.

그러다 문득 책이 스쳤다. 어머니가 비상금으로 사준 책. 그때의 어머니는 30대였다. 친구들과의 맛집 투어가 여전히 즐겁고, 아름답게 꾸미기 좋은, 더없이 눈부신 나이였다. 어쩌다 옷 대신 아들의 책을 선택했을까. 몰래 감춰둔 돈으로 한다는 일이 어째서 고작 초등학생에게 책을 사주는 일이었을까.

아직도 우주 전집의 장면이 생생하다. 수천 겹으로 되어 있던 토성의 고리, 마치 달처럼 싱그러울 만큼 곰보가 나 있던 수성, 삼겹살을 꼭 빼닮은 목성. 나는 그 책들을 보며 천문학자를 꿈꿨다.

"엄마는 승현이가 책 읽는 게 그렇게 좋더라."

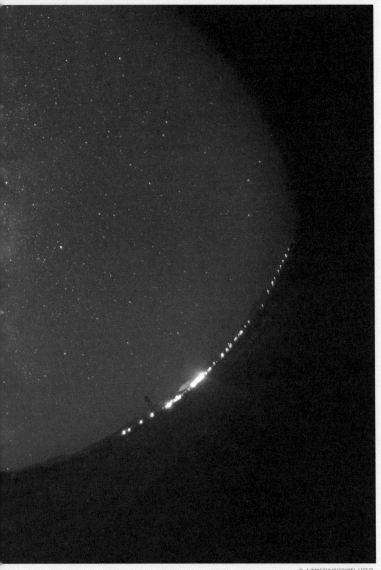

그때의 어머니와 비슷한 나이가 되었어도, 나는 아직 그 마음을 모른다. 비상금으로 자신의 옷 대신 자식의 책을 사주는 그 너른 품을 알지 못한다. 그저 책을 먹고 무럭무럭 자라서는, 별빛을 눈에 담고 집으로 돌아와 책을 쓰는 어른이 되었다.

나도 아빠가 되면 그런 마음이 될까? 모르겠다. 이제는 말할 수 있는 어머니의 비상금은 내 꿈이 되어 여전히 마음속 책장에 꽂혀 있다.

그때의 어머니와 비슷한 나이가 되었어도, 나는 아직 그 마음을 모른다.
비상금으로 자신의 옷 대신 자식의 책을 사주는 그 너른 품을 알지 못한다.
그저 책을 먹고 무럭무럭 자라서는, 별빛을 눈에 담고 집으로 돌아와
책을 쓰는 어른이 되었다.

2부

/

장엄한 우주의
하늘을 이루는 것은
작은 별들이다

누군가의 슬픔은
별빛 만큼 멀다

별빛이 반짝이는 밤이었다. 봄이었고 날이 따스했다. 덕분에 낮의 하늘엔 구름이 피었는데 그날은 유난히 맑았다. 간만에 로봇 같은 돔의 천장이 열렸다. 수백 개의 별이 빛을 쏘아 댔다.

그러던 중 부고가 날아들었다. 안산 천문대에 있는 지인의 부친상이었다. 딱딱하고 차가운 연락이었다.

부고란 것은 마치 먹구름 같아서 늘 벼락같이 내리친다. 그러면 우리는 갑작스러운 불빛에 화들짝 놀란다. 몇 번 호흡을 가다듬을 때쯤엔 천둥 같은 슬픔이 쿠구궁, 하고 밀려든다.

그제야 누군가의 슬픔에 겨우 접근한다. 당연히, 다른 이의 이별을 받아들이는 데도 얼마간의 시간이 필요하다.

하필 금요일이었다. 천문대는 금요일과 토요일에 가장 바쁘다. 다음날이 휴일이기 때문이다. 대부분의 사람들은 늦은 밤까지 별을 보고도 그다음 날 걱정 없이 쉴 수 있는 주말을 선호한다. 사람들이 걱정 없는 이날, 천문대 사람들은 이래저래 걱정이 많아진다.

바로 그런 날 부고가 날아들었던 것이다. 별빛을 실컷 눈에 담은 사람들이 모두 돌아가면 밤 12시. 천문대는 그제야 문을 닫는다. 그 안에서 일하는 나도, 다른 동료들도 비슷한 시간에 천문대를 나선다. 이제 우리는 비로소 누군가의 슬픔을 나누러 갈 수 있는 몸이 되었다.

"인천이면 여기서 1시간도 넘게 걸리는데, 그러면 새벽 1시에 도착하는 거잖아."

"장례식장에 계신 유가족 분들도 쉬어야 할 텐데 너무 늦은 시간이려나요?"

"그래도 가보자."

"다른 천문대 사람들은 못 오겠죠?"

"금요일 밤이잖아. 많이는 못 오겠지."

"그렇겠죠? 다음날 또 바쁘니까."

"그래, 우리라도 가자."

동료들과 쓸쓸한 마음으로 장례식장으로 향했다. 달도 없는 밤이었다. 하늘이 민둥산처럼 허전했다. 검은색 자동차를 타고 장례식장으로 향했다. 흐드러졌던 별도 도시의 불빛과 만나며 자취를 감추었다.

장례식에 도착했다. 조심히 신발을 벗고 상주와 마주했다. 고인에게 두 번 반 절을 했다. 지인이 내 어깨를 두어 번 두드렸다. 몇 번의 토닥임이 몇 마디의 말보다 나았다. 오길 잘했다고 생각했다.

늦은 인사를 마치고 돌아서자마자 나는 화들짝 놀랐다. 장례식장이 가득차 있었다. 전국에 뻗어 있는 스무 곳 남짓한 천문대에서 100명도 넘는 사람들이 왔다. 그 많은 사람들이 새벽 1시에 저마다 위로의 마음을 품고 와 앉아 있었다. 양복을 입은 사람, 검은 옷을 입은 사람, 청바지를 입은 사람, 후드티를 입은 사람. 슬픔을 위로하는 데 복장은 상관없다. 옷이 마음을 앞서랴.

"당연히 가야지."

장례식장으로 출발하기 전, 말은 그렇게 뱉었지만 사실 좀 힘들었다. 가장 고된 하루를 보낸 날이었다. 장례식을 떠올리며, '하필 주말이네' 하고 아쉬워했다. 버겁다고 느꼈다,

© 수지어린이천문대장 신용운

슬픔을 나누려는 따뜻한 마음들이 모여
발을 잡고 있던 지구의 중력을 이겨냈다.

라고 쓰는 것이 맞을 것이다. 침대에 몸을 누이는 순간을 간절히 기다린 하루다. 부끄럽지만, 누군가의 무거운 슬픔을 딛고 내 가벼운 생각이 먼저 떠올랐다.

그곳에 모인 사람들은 모두 별을 보는 사람들이다. 같은 일을 하며 같은 하루를 보냈다. 그러니 적어도 몇몇은 나처럼 안간힘을 쓰며 왔을 것이다. 고된 하루를 보내고, 다음날 또 거친 하루를 남겨놓은 그 밤에 고민이 되지 않을 수 없었을 것이다. 누군가는 억지로 신발을 꺾어 신었을지도 모른다.

그렇지만 우리는 이겼다. 슬픔을 나누려는 따뜻한 마음들이 모여 발을 잡고 있던 지구의 중력을 이겨냈다. 나는 누군가를 위해 자신의 시간을 내어놓는 감사한 사람들과 함께 있었다. 이것은 복이다.

앞으로도 계속 이런 싸움을 해야 한다. 급작스럽게 들이닥친 누군가의 슬픔과 나의 고단함을 비교할 것이다. 인연의 소중함과 내 시간의 귀함도 부딪힐 것이다. 그러나 그런 싸움을 이겨내는 사람들이 옆에 있다. 그들 옆에서 나도 미소가 되고 싶다.

별빛이 반짝이는 밤이었다. 봄이었고 날이 따스했다. 유난히 맑은 날이었다. 수백 개의 별들이 빛을 발하자 세상 곳곳에 있던 슬픔들이 조용히 자리를 떴다.

푸른 별이 뜬
어느 밤이었다

《무례한 사람에게 웃으며 대처하는 법》이라는 책이 한동안 베스트셀러에 올랐다. 서점에서 우연히 책을 보았을 때 나는 생각했다. 왜 대처해야 하지? 무시하면 되는데. 그러나 내 생각과 다르게 이 책은 많은 사람들에게 사랑받았다. 역시 베스트셀러 작가는 아무나 하는 게 아닌가보다.

무례한 사람을 만나면 무시했다. 그건 사실 도망에 가까운 것이었다. 공들여 쌓은 마음을 무례한 사람에게 내어줄 수 없었다. 무너진 마음을 다시 쌓는 일은 새로운 땅에 건물을 올리는 것보다 배로 어려웠다. 잔해들을 다시 치우고 단단한 마

뒤늦게 알게 되었다. 별도 다 같은 별이 아니라,
제가 지닌 온도에 따라 다른 색을 띠고 있다는 사실을.
별들은 저마다의 따스함을 각자의 모습대로 품고 있었다.
빨간색이 꼭 뜨거운 것도 아니며,
파란색이 꼭 차가운 것만도 아니었다.

음으로 땅을 다지기에는 내 품이 너무 작았다. 무너지지 않으려면 도망쳐야 했다.

입김으로 추위를 가늠하던 어느 겨울이었다. 습관처럼 밤하늘을 올려다보는데 유난히 색이 진한 별들이 보였다. 오리온자리였다. 오리온의 왼쪽 겨드랑이는 빨간색 별이었고, 오른쪽 발은 파란색이었다. 문득 별이 꼭 노랗지만은 않다는 사실을 처음 알게 되었을 때가 생각났다. 중학교 과학 시간이었다.

"별들도 각자의 색이 있어. 어떤 별은 빨갛고, 어떤 별은 파랗단다."

"우와! 빨간색 별은 도대체 얼마나 뜨거운 거예요?"

"3천 도나 된단다. 그런데 파란색 별은 더 뜨거워. 무려 3만 도."

"네? 왜 파란색이 더 뜨겁다구요? 뜨거운 색은 빨간색이잖아요."

"왜? 파란색은 뜨거우면 안 되니?"

"그건 아니지만…"

별은 늘 노랗다고 생각했던 시절이 있었다. 스케치북에 별을 그릴 때면 노란색 크레파스만 분주히 움직였다. 그것만 닳고 작아져도 다른 색은 쓰지 않았다. 그래야 별이니까. 파란색은 멍든 색이니까. 내 마음에 파란색 별이라는 건 없으니

© 수지어린이천문대장 신용운

별은 늘 가만히 제 모습으로 떠 있다.
누군가의 마음을, 그리고 내 마음을 들여다보는 일을
'별'로 이해하게 될 줄 몰랐다.
그 주변을 서성이던 나는 우연히
마음에 닿는 생각을 하나 걸쳐 입었다.
푸른 별이 뜬 어느 밤이었다.

까. 별은 늘 노란색으로 떠야 했으니까.

　과학 수업 이후 뒤늦게 알게 되었다. 별도 다 같은 별이 아니라, 제가 지닌 온도에 따라 다른 색을 띠고 있다는 사실을. 별들은 저마다의 따스함을 각자의 모습대로 품고 있었다. 빨간색이 꼭 뜨거운 것도 아니며, 파란색이 꼭 차가운 것만도 아니었다.

　별처럼 다양한 색을 품고 있는 사람들 틈에서, 어쩌면 나는 마음을 열기도 전에 나만의 기준으로 누군가를 성급히 '무례하다'고 평가했는지도 모른다. 왜 너는 노랗지 않느냐고, 너는 색이 다르니 나와 함께 할 수 없다고 그들을 피했다. 그런데 누군가를 무례하게 판단한 것은 나였다. 상대를 본래의 색으로 바라보려는 노력도 없이 말이다.

　별은 늘 가만히 제 모습으로 떠 있다. 누군가의 마음을, 그리고 내 마음을 들여다보는 일을 '별'로 이해하게 될 줄 몰랐다. 그 주변을 서성이던 나는 우연히 마음에 닿는 생각을 하나 걸쳐 입었다. 푸른 별이 뜬 어느 밤이었다.

외로움도
서툴게 걸었다

'이별'이라는 말을 들었던 가장 의외의 순간은 천문대 수업을 할 때였다. 밤하늘에 쌍둥이처럼 함께 있는 별들은 꼭 붙어 있는 것처럼 보이지만, 사실 다다를 수 없을 만큼 멀리 떨어져 있다고 알려주었다. "이 두 별은 실제로 수백 광년이나 떨어져 있단다." 그때 한 아이가 말했다.

"선생님, 그럼 이별離別의 뜻이 별과 별 사이 만큼 멀어졌다는 거예요?"

오래전 친구가 연인과 헤어진 후 내게 자신의 심정을 털어놓은 적이 있다. 이별이 처음도 아니면서 마음을 어떻게 가누

"선생님, 그럼 이별의 뜻이 별과 별 사이 만큼 멀어졌다는 거예요?"

어야 하는지 모르겠다고 했다. 모르던 사람이 그저 다시 모르는 사람이 되었을 뿐인데, 마음이 무너져내리는 것 같다고 했다. 자신은 그녀를 사랑하는 사람인데, 이제 그녀가 없다고 했다. 스스로가 껍데기 같이 느껴진다고 했다. 차가운 목소리로 미안하다는 말을 들었을 때, 그는 아무 말도 없이 땅만 보았다고 했다. 그러다 그녀의 목소리 만큼이나 차가운 맨 땅에 앉아 엉엉 울음을 쏟았다고 했다.

별 만큼 먼 사이를 생각해 본다. 온기를 느낄 수도, 합쳐질 수도 없는, 희미하게 보이지만 닿지 못하는 거리. 본래의 위치에서 각자의 시간을 살지만 다시는 만날 수 없다는 사실. 거대한 우주에 홀로 남겨진다는 것.

가로등이 쓸쓸한 골목길을 둘이 걸었다. 난 지금 나보다 두 해 늦게 태어난 사람을 사랑하고 있다. 행복한 순간은 무섭다. 꼭 쥐면 깨질 것 같아서 두렵고, 사라지면 어쩌나 겁난다. 뱉은 말의 반의 반도 잘해주지 못하면서, 온통 걱정뿐이다. 행복하지만 불안한 순간 깨달았다. 나는 사랑에 서툰 사람이구나.

신발 끝에 걸린 외로움이 방향을 잡지 못하고 비틀거렸다. 캄캄한 생각들 사이로 외로움도 서툴게 걸었다.

별 보러 가지 않을래?

연애 초에는 퍼도퍼도 마르지 않는 샘 같던 데이트 코스가 점점 바닥을 보이고 있었다. 사태를 방관하며 손놓고 있다간 서릿발 같은 질문을 받을 게 뻔했다. "오빠, 이제 나랑 하고 싶은 게 없어?"

무엇을 해야 할까. 어깨에 고민을 한 짐씩 진 채 인터넷을 부유했다. 하지만 아이큐가 고만고만한 인류가 생각해낸 데이트 코스 역시 고만고만한 것들 뿐이었다. 한두 해 전 '이색 데이트 코스'라며 올라온 것들이 이제는 너무 평범하게 느껴졌다. 방 탈출도, 안락한 소파 좌석의 영화관도 이제는 진부한 데이트가 되어버렸다. 낙담하고 있던 차에 읽고 있던 게시글의 마지막 문장이 눈에 띄었다. "당신이 일하는 모습을 보여주는 것 또한 이색 데이트가 될 수 있습니다. 상대가 집중해서 일하는 모습에 섹시함을 느끼는 사람들도 많기 때문입니다."

그랬다. 나는 무려 '별'을 보여줄 수 있는 직업을 가진 사람이었다. 그걸 왜 잊고 있었을까. 내 직업이 누군가에겐 꽤나 낭만적으로 느껴질 수 있다는 것을.

마침 추운 겨울이었고, 겨울엔 밝고 아름다운 별들이 더 많았다. 게다가 밤하늘 아래서, 오직 둘만의 데이트라니. 레이저를 휘날리며 '섹시함'을 풍길 좋은 기회였다. 별을 보러 가자는 말에 그녀는 단답형으로 말했다.

"좋아."

별을 보는 것은 눈으로 사물을 바라보는 것 이상의 의미를 갖는다. 팍팍한 사회생활과 돈으로 점철된 현실에서 잠시 낭만적으로 도피할 수 있다. 그래서 별 보기는 영화 보기보다 더욱 서정적이고, 극적이면서, 또 고요한 행위다.

그렇다. 고요하다. 그렇기에 '재미없을 수도 있다'는 이야기다. 고요히 반짝이는 별빛 아래서 빙긋 웃는 데이트를 생각하겠지만, 별 보기 데이트는 생각보다 어색하다. 웃음보다는

별을 보는 것은 눈으로 사물을 바라보는 것 이상의 의미를 갖는다.
팍팍한 사회생활과 돈으로 점철된 현실에서
잠시 낭만적으로 도피할 수 있다. 그래서 별 보기는 영화 보기보다
더욱 서정적이고, 극적이면서, 또 고요한 행위다.

침묵이 주를 이루기 때문이다. 더구나 원래 별에 관심이 없는 상대라면 더 해줄 말도, 상대 역시 딱히 물어볼 말도 없다.

영하 10도의 날씨에 가만히 서서 별을 보기 위해서는 철저한 준비가 필요했다. 여기서 나는 크게 방심했다. 로맨틱한 멘트는커녕 아무 준비도 없이 그녀를 밤하늘 아래 달랑 세워둔 것이다.

천문대 데이트를 하던 우리의 모습은, 추위에 덜덜 떨며 '직업 체험'을 하는 남녀에 가까웠다. 낭만은 무슨, 별빛 대신 콧물만 반짝이던 밤이었다. 그녀의 반응을 따로 듣지는 못했지만 충분히 짐작할 수 있었다. 날은 추웠고, 우리는 침묵했으며, 이후 두 번 다시 그녀로부터 '별을 보자'는 말이 없던 것만으로 그녀의 마음을 알 수 있었다.

이 글을 읽는 당신이 좋아하는 이의 마음을 얻기 위해 별을 보러 가겠다고 해도 나는 말릴 생각이 없다. 소중한 사람에게 조금 더 진중하게 다가서고 싶다는 의미니까. 사랑하는 한 사람을 위해 정성껏 짠 계획은 늘 감동적이다. 물론, 열심히 계획을 세웠다고 성공하리란 보장은 없다. 당신은 내 실패를 참고 삼아 꼭 성공하기를 바란다.

고향 집의
송사리

"아들! 엄마 물고기 키워."

어머니가 난데 없이 물고기를 키운다며 자랑하셨다. 들여다보니 국밥이 5인분도 넉넉히 담길 만큼 커다란 그릇에 멸치만 한 고기가 수십 마리 있었다. '많이 심심하신가? 송사리를 다 키우시네' 하고 대수롭지 않게 생각했다.

그런데 얼마 지나지 않아 반쯤 정신을 놓고 멍한 눈동자로 녀석들을 좇고 있는 나를 발견했다.

익숙한 고향집에서 낯선 물고기를 바라보고 있는 것은 생각보다 꽤 괜찮은 일이었다. 편안함과 고요함 사이에 생기가 슬쩍 끼어들어 요리조리 몸을 놀리며 내게 말했다. "고향 집에 좀 자주 오는 것은 어떤가?"

진실로 그랬다. 스무 살 이후, 고향 집은 멀었다. 거리보다 마음이 멀었다. 침대 없이 소파에서 자야 하는 현실이 불편했다. 평소 10시에 일어나는 천문대 강사를 깨워 이른 아침밥을 주는 정성이 부담스러웠다. 시간이 지날수록 고향 집은 나의 집보단 부모님의 집이 되어갔다.

그런데 어디서 태어났는지도 모를 조그만 물고기 떼 덕분에 집에 생기가 확 들어찬 것이다. 어느새 집의 주인은 나도, 부모님도 아닌 송사리 떼가 되었다.

달이 뜨던 어느 밤이었다. 아이들과 천문대 옥상에 올라 먼 하늘을 바라보았다. 멀리 보이는 산 위로 나무들이 삐죽삐죽 서 있었다. 산등성이가 마치 뾰족뾰족한 가시를 세운 고슴도치 같았다. 달은 그 뒤에서 잠자코 떠올랐다. 아쉬운 점은 나무와 잎에 가려 달이 잘 보이지 않았다는 것. 그런데 그 순간 가려진 달을 보던 아이들이 소리치기 시작했다.

"대박. 말도 안 돼! 이렇게 이쁘다고?"

달을 3년 동안 본 아이들이었다. 달쯤이야 망원경을 툭, 쳐서도 초점을 맞출 수 있는 아이들이었다. 머지않아 더 새로운 천체를 내놓으라며 내 멱살을 쥘 것만 같던 아이들이, 달은

슈퍼문도 월식도 아니었다. 어느 평범한 날에 뜬 달이었다.
그러나 그 달이 나뭇잎에 가려지고 산등성이에 걸쳐지자
전혀 다른 풍경이 탄생했다. 아이들의 환호를 들으며 생각했다.
달이 더 크고 밝아야 하는 게 아니구나.
무언가를 아름답게 만드는 것은 아주 작은 변화로도 가능하구나.

이제 지겹다던 아이들이 발을 동동 구르며 말했다. "쌤, 이런 걸 왜 이제야 보여주세요! 너무 이쁘잖아요!"

　슈퍼문도 월식도 아니었다. 어느 평범한 날에 뜬 달이었다. 그러나 그 달이 나뭇잎에 가려지고 산등성이에 걸쳐지자 전혀 다른 풍경이 탄생했다. 아이들의 환호를 들으며 생각했다. 달이 더 크고 밝아야 하는 게 아니구나. 무언가를 아름답게 만드는 것은 아주 작은 변화로도 가능하구나.

　달을 보며 다 같이 활짝 웃음 지은 날, 집으로 돌아와 늘 먹던 삼겹살 대신 조기를 꺼내 구웠다. 세 마리가 나란히 누워 은빛 윤기를 뿜었다. 별 의미는 없었다. 그저 작은 변화를 주고 싶었다. 작은 송사리 떼의 움직임에, 가려진 달에 스며들어 있던 눈부신 생기를 기다리며.

달나라로 떠난
내 집 마련의 꿈

"형 어디예요?"

"카페에서 혼자 놀고 있어."

"집에서 쉰다더니 나갔네요?"

"응, 오늘도 집에 있기는 실패했어."

주 5일을 꽉꽉 채워 신체와 영혼을 회사에 남김없이 바치고 나면 나의 뇌는 욕을 하기 시작한다. '주인놈아, 주말엔 좀 가만히 있어라.' 손도 뇌를 도와 다이어리에 한마디 거든다. '잠자코 집에 있기.' 그러나 높은 확률로 '집에 있기'는 실패한다. 점심 먹을 때까지만 해도 잘 버티던 허리가 4시만 되면

배배 꼬인다. 괜히 눈도 시큰한 것 같다. 우울한 느낌마저 든다. 결국 커피라도 마시겠다며 신발을 꺾어 신는다. 집에 온전히 붙어 있는 시간은 잘 때뿐이다.

이쯤 되니 집값이 아깝게 느껴지기도 한다. 1년치 영혼을 팔아 모은 돈으로 매년 전셋값을 메우건만, 정작 나는 집 밖으로 돈다. 그렇다면 나는 무엇을 위해서 돈을 모으는 것일까. 영 억울해진다.

서울의 전셋값은 마치 보험료 같아서 한번 가입하면 여간해서는 내려가는 법이 없다. 재계약을 할 때마다 차곡차곡 저금해둔 돈도 몽땅 가져가버린다. 500원을 더 내면 커피는 사이즈 업이 된다. 천 원 더 내면 짜장면도 곱빼기가 된다. 하지만 전셋값은 2천만 원이 올라도 좋아지는 게 없다. 올라간 거라곤 계약서에 적힌 콧대 높은 금액뿐이다.

하루는 친구와 서울 땅값에 관해 이야기 나눈 적이 있다.

"서울 평균 땅값이 평당 2천만 원이 넘는대."

"그럼 차 한 대 세울 평수도 4천만 원은 있어야 하네?"

"그러게. 서울 주차장이 괜히 비싼 게 아닌가봐."

"차라리 달에 땅을 살까?"

"웬 달?"

"달도 여기처럼 땅을 살 수 있어. 축구장만 한 크기의 땅도

갈 수도 없는 달을 보며 생각한다.
서울의 치솟는 집값이 좀 안정됐으면 좋겠다고.
그럼 머나먼 땅을 두고 위로받는 일은 없을 텐데.

3만 원이면 돼."

"너무 멀리 있는 자기 위로 아니냐?"

"… 좀 그렇지?"

미국인 데니스 호프는 1980년 '루나 엠버시Lunar Embassy, 달 대사관'라는 회사를 차렸다. 그러고는 달의 토지를 판매하기 시작했다. 우주 천체의 소유권이 국가나 기관에 있지 않다는 '우주 조약Outer Space Treaty'의 허점을 파고든 것이다. 이 조약에는 달의 토지를 개인이 소유하는 것에 대한 제약은 따로 없다. 미국판 봉이 김선달이 등장한 순간이었다.

현재 루나 엠버시는 달의 토지를 1200평당 3만 5천 원에 판매하고 있다. 토지를 구매하면 인증서와 땅의 위치가 담긴 지도가 집으로 배송된다. 어느 정도 유명세를 탄 후엔 수성, 금성, 화성, 명왕성의 토지까지 사업을 확장했다. 심지어 달에 입국(?)하기 위한 우주 여권도 판매하고 있다. "리얼 외계인임을 인정합니다Get an extraterrestrial nationality and become a true 'Alien.'"라는 문구가 인상적이다(직역하면 '외계 국적을 획득하고 진정한 외계인이 되세요.'라는 의미다).

실제 미 법원은 그의 달 소유권을 인정했다. 물론 달과 행성이 그의 소유라는 것은 아니다. 다만 "이 달은 내 것"이라는 주장에 반박할 법적 근거가 없다는 이유에서다. 덕분에 수

많은 사람들이 루나 엠버시를 통해 달의 토지를 사고 있다. 트럼프 대통령과 부시 전 대통령도 땅을 구매했다. 유명 할리우드 스타들도 땅을 가졌고, 우리나라의 아이돌 그룹 마마무, 그리고 강다니엘도 달 토지의 소유자임을 밝힌 바 있다. 요즘 말로 인싸들의 땅(?)인 셈이다.

나와 친구는 달로 눈을 돌렸다. 100년을 일해도 서울에 땅 1200평을 살 일은 없을 것 같아서일까. 달에서라면, 족발을 한 번 참는 것으로 내 집 마련의 꿈을 이룰 수 있어서일까. 갈 수도 없는 달을 보며 생각한다. 서울의 치솟는 집값이 좀 안정됐으면 좋겠다고. 그럼 머나먼 땅을 두고 위로받는 일은 없을 텐데.

블랙홀에
터진 허벅지

영화 〈인터스텔라〉에서 주인공 쿠퍼와 브랜드는 우연히 블랙홀 근처를 지나간다. 이들이 처한 상황에 비해 '우연히'라는 단어는 다소 밋밋해 보인다. 그들은 명백히 삶과 죽음의 기로에 서 있다. 생존에 있어서는 '절대악'처럼 치부되는 블랙홀을 지나며 그들은 말한다.

"순식간에 지구 시간으로 51년이 지났어요."

"120살 노인이 되는 것도 나쁘진 않네요!"

이게 무슨 소리람. 그들이 블랙홀 근처를 떠돈 것은 고작 몇 분이었다. 하지만 대사처럼 지구의 시간으로는 수십 년이 지나버렸다. 이것이 실제로 가능할까?

아인슈타인의 상대성 이론에 따르면 중력이 강한 곳에서는 시간이 천천히 흐른다. 블랙홀은 중력이 극도로 강한 천체다. 전 세계 과학자들의 실험을 통해 증명되었듯, 강한 중력은 시간을 느리게 만든다. 지구의 시간으로는 고작 몇 분이지만, 그 몇 분이 블랙홀 근처에서 흐른다면 우리가 지구에 돌아온 뒤에는 이미 수십, 수백, 어쩌면 수천 년이 흘렀을 수도 있다는 말이다.

내가 아는 사람 중에 블랙홀 같은 인간이 한 명 있다. 헬스장 PT 담당 선생님이다. 그의 옆에만 서면 나의 시간은 영 다르게 흐른다. 그의 크고 우람한 근육이 강한 중력을 뿜어내는 게 틀림없다. 특히 하체 운동을 하는 날이면 더 그렇다. 그는 스쿼트 횟수를 세며 10초를 100초로 만든다. 우사인 볼트가 100미터를 달리는 데 쓰인 시간이 마라톤처럼 길어진다. 기분 탓은 아닌 것 같다.

"오늘은 3세트만 하시죠"라는 말도 영 믿을 게 못 된다. 기진맥진 정신을 놓은 사이 3세트는 5세트가 된다. 마법의 5세트를 마치고 나면 제야의 종소리처럼 선생님의 말소리가 세차게 귓등을 때린다. "한 세트 더!"

운동을 하다보면 종종 의문이 든다. 세상에 스쿼트를 하다

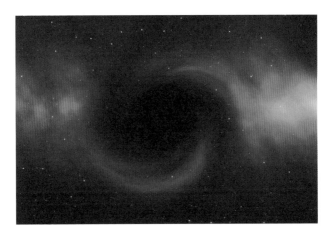

다음 주에도 나는 블랙홀 같은 선생님 옆을 공전할 것이다.
그의 근처에서 나의 시간은 더디 흐를 것이고,
나는 활활 타오르고 부서질 것 같은 허벅지의 고통을 견디고 있을 것이다.
시간만 좀 원래대로 가도 참을 만할 텐데. 상대성 이론이 미워지는 밤이다.

가 죽은 사람은 정말 없는 것일까? 거대하고 사악한 피트니스 협회가 진실을 은폐하고 있는 것은 아닐까? 세상이 노래지고, 삼보일배하며 걷게 만드는 스쿼트의 저주에 희생당한 인류는 왜 아직 나타나지 않는 것인가.

그런 마음을 아는지 모르는지, PT 선생님은 늘 문 앞에 서 있다. 그러곤 패잔병처럼 걸어나가는 내게 밝은 미소로 인사한다. 그러면 '재등록하지 말아야지' 마음먹었던 얼음장 같은 마음에 또 햇살이 스민다.

다음 주에도 나는 블랙홀 같은 선생님 옆을 공전할 것이다. 그의 근처에서 나의 시간은 더디 흐를 것이고, 나는 활활 타오르고 부서질 것 같은 허벅지의 고통을 견디고 있을 것이다. 시간만 좀 원래대로 가도 참을 만할 텐데. 상대성 이론이 미워지는 밤이다.

블랙홀 선생님을 넘어서면 나의 허벅지도 탄탄해질 수 있을까? 물론, 그건 아무도 모를 일이다.

나는 매일 밤
지옥으로 떨어졌다

21세기를 살아가는 청년의 사명감으로 나는 여러 전자 제품을 구매했다. 디지털 노마드가 되겠다며 가벼운 노트북을 샀다. 글을 써야 한다며 아이패드도 샀다. "난 비싼 시계에 관심이 없어"라고 당당하게 말하고 다닌 주제에 수십만 원짜리 스마트 워치를 차고 있다. 블루투스 이어폰과 핸드폰, 보조 배터리는 나의 분신이 되었다.

신문물이 주는 편리함에서 나는 좀처럼 헤어날 수 없었다. 나날이 전자 제품에 익숙해지고, 머잖아 전자 제품 없이는 살 수 없을 만큼 그들에게 의존하기 시작했다. 인류의 과학적 진

보의 산물을 지닌 나의 몸은 '아이언맨'에 근접한 듯도 했다. 그러나 나는 그 대단한 업적을 껴안고 매일 밤 떨어졌다. '충전'이라는 지옥으로.

세상에서 가장 힘든 일은 밥을 먹이는 일이다. 아이를 키울 때 가장 어려운 일은 세끼를 챙겨 먹이는 일이다. 어른들도 크게 다르지 않다. 직장에서 점심 메뉴를 선택하는 일은 그야말로 오전 업무를 처리할 때만큼이나 두뇌를 열심히 굴려야 하는 일 아닌가. 밥을 먹는 게 간단한 일이라면 방송 프로그램 〈삼시세끼〉는 방영될 수 없었을 것이다.

그 '삼시세끼'의 지옥을 나는 아기도, 반려동물을 통해서도 아닌 전자 제품을 통해 느끼고 있다. 값비싼 인류 진보의 증거들도 배터리 없이는 고철 덩어리에 불과했다. 무겁고 쓸모없었다. 작고 훌륭한 최첨단 아기들은 허기질 때 전기로 밥을 먹여가며 토닥토닥 어르고 달래야 제 역할을 해냈다.

핸드폰의 배터리가 바닥난 날, 나의 하루는 흡사 구석기 시대와 같았다. 결제는 물론 모든 금융 서비스를 해결해주던 스마트폰이 꺼졌다. 지갑은 집안 책상 위에 비석처럼 박혀 있었다. 졸지에 커피 한 잔 사지 못하는 거지가 되어버렸다. 핸드폰 네비게이션을 사용하는 나는, 어느 곳도 찾지 못하는 길치가 되었다. 친구와도 연락할 수 없는 왕따가 되었다. 무엇보

생존에 꼭 필요하다 여겨지는 중력이지만
인간은 중력이 없는 우주에서도 잘 산다.

그런가 하면 우주 비행사들이 느낀 무중력 상태의
편의 또한 지구에서는 쓸모가 없다.
결국은 적응에 관한 문제인 것이다.

다 세상과 단절되었다는 고립감이 들었다. 나 없이도 잘 돌아가는 세상이지만, 막상 온라인으로 연결된 세상에서 나만 사라졌다고 생각하니 무력감까지 들었다.

조금 더 편한 삶을 위해 산 물건들이 나의 목을 휘감았다. 도대체 충전은 어떻게 끊어야 할까? 아니, 전자 기기를 끊는 것이 과연 가능한 일일까?

우주에 머물다 지구로 돌아온 우주인들은 예상치 못한 직업병 때문에 골머리를 앓곤 한다. 핸드폰이나 비싼 만년필 등을 자꾸 바닥에 떨궈버리는 것이다. 모두 중력 탓이다. 우주에서 무엇이든 잠시 내려놓고 싶을 때는 그저 손만 떼면 된다. 무중력 상태라 볼펜이든 칫솔이든 허공에 둥둥 떠 있기 때문이다. 서랍이나 책상 위에 올려둘 필요가 없다. 물론 자신이 본 변들이 둥둥 떠다니는 끔찍한 상황을 마주하기도 하지만.

문제는 우주 생활에 익숙해진 우주인들이 지구로 돌아온 이후다. 지구에 중력이 존재한다는 사실을 잊은 채 쥐고 있던 물건을 아무 생각 없이 놓아버리는 것이다. 덕분에 값비싼 물건들이 땅바닥으로 있는 힘껏 박치기를 하는 대참사가 발생한다.

생존에 꼭 필요하다 여겨지는 중력이지만 인간은 중력이

없는 우주에서도 잘 산다. 그런가 하면 우주 비행사들이 느낀 무중력 상태의 편의 또한 지구에서는 쓸모가 없다. 결국은 적응에 관한 문제인 것이다. 이렇게 편의라는 것은 상황에 따라 달라진다. 어떤 것이든 꼭 필요한 것은 없다. 비록 아직 내가 충전 지옥에서 헤어나오진 못했지만 말이다.

그렇다고

달에 갈 수는 없으니까

매일 쇠질을 하고 있다. 정확히 말하자면 1년에 40만 원쯤
되는 회비를 내고 무거운 철덩이 따위를 든다. 헬스다.

매일 '이쯤이면 몸짱이 되지 않았을까' 하고 거울 앞에 서
지만 놈은 매정하다. 덤도 보너스도 없이 딱 내가 가진 만큼
만 보여준다. 근육을 몇 덩이 더 붙여서 반사해주는 거울은
어디 없나요?

몇 년 전 수영을 배울 때 수영 강사가 했던 말이 생각난다.
"여러분! 사실 헬스 그거, 돈 내고 하는 막노동 아닙니까? 열
심히 수영을 하세요!"

그러나 나는 그다음 주에 수영을 그만뒀다. 실력에 한계를 느껴서였다.

"형, 나 PT 끊었어."

친한 동생 K가 운동을 시작했다고 했다. 날이 갈수록 움츠러드는 어깨와 끝을 모르고 부풀어오르는 뱃살에 대항하겠다고 했다. 무엇을 어떻게 해야 하는지 고민하길래 PT를 추천해 주었더니 냉큼 시작했단다. 첫 수업을 마치고 만난 그가 해맑게 물었다.

"형, 나 PT 받다가 토했는데 괜찮은 거 맞아?"

나는 짐짓 태연한 척을 하고는 말했다.

"응. 다들 한 번씩은 토해."

"형도 토했었어?"

"당연하지. 스쿼트하다가."

"아, 그럼 나도 토할 만하네."

K는 고개를 갸웃거리며 원치 않은 진실을 마주한 표정을 지었다.

뭐라도 되는 양 늘어놓았지만 사실 내 몸은 아이스크림을 닮았다. 잡초처럼 무엇도 주지 않는데 무럭무럭 자라는 뱃살, 끊임없이 단백질 셰이크를 들이부어도 줄어드는 허벅지까지. 내가 바라본 거울 속에는 늘 거대한 수박바가 서 있다.

달나라에 갈 수 없는 나는 지구에서 열심히 운동 중이다.
다이어트에 완벽한 환경을 두고 생각보다 강력한 지구 중력과
공존해야 하는 현실이 아쉽지만, 어쩌겠는가.
나는 푸른 행성에서 태어났고 이 순간에도 입속엔 과자가 가득한걸….

몸이 좋아지지 않는 이유는 꾀를 부려서가 아닌가 싶다. 무거운 쇳덩이를 드는 데 피 같은 월급을 갖다 바쳐놓고, 어떻게 하면 덜 힘들까를 고민한다. 아주 진지하게.

고민하는 자에게 답이 있나니. 결국 나는 방법을 찾았다. 열심히 운동하는 것처럼 보이면서도 실제로는 덜 힘든 방법이 있었던 것이다! 그 방법은 바로 헬스장을 달에 차리는 것이다. 달의 중력은 지구의 6분의 1이니, 달에 도착하는 것만으로도 몸무게가 줄어든다. 무려 6분의 1로. 노력 없이도 체중계 위에 서면 깃털이 되는 것이다. 게다가 바벨 120킬로그램을 들 경우, 달에서는 20킬로그램을 드는 노력만 하면 된다. 그래, 나도 안다. 이런 터무니없는 몽상이나 하고 있는 지구인이라니. 역시 몸짱이 되기는 글러먹은 것 같다.

달나라에 갈 수 없는 나는 지구에서 열심히 운동 중이다. 다이어트에 완벽한 환경을 두고 생각보다 강력한 지구 중력과 공존해야 하는 현실이 아쉽지만, 어쩌겠는가. 나는 푸른 행성에서 태어났고 이 순간에도 입속엔 과자가 가득한걸….

제 삶은
계속 이렇겠습니까?

  나의 자유 시간은 낮이다. 천문대 일을 마치고 집에 도착하면 새벽이다. 사람도, 소음도 없는 시간. 때문에 운동이나 여유로운 커피 한 잔, 시끄러운 청소도 모두 다음날 낮으로 미뤄야 한다.

  사람을 만나는 일은 더 어렵다. 친구들과의 모임이든 동호회든 대부분의 만남은 저녁에 이루어진다. 도저히 참여할 수가 없다. 그래도 희망적인 것은 낮에 열리는 글쓰기 모임이 있다는 사실이다. 나는 오전 글쓰기 모임에 종종 참여하는데, 그곳에서 만난 할아버지 한 분이 꽤 인상적이었다.

할아버지의 이름은 김항덕. 예순다섯의 긍정맨이다. 그는 젊은 시절 막노동으로 하루하루를 살아냈다. 지독히도 날카롭고 차가운 현실이 그의 거친 피부를 서늘하게 뚫고 지나갈 때마다 그는 생각했다. '이 고통은 어제쯤 끝날까?'

그런 생각을 등에 진 채 그는 종로의 한 사주 카페를 찾았다. 천막을 친 공간 안에서 삶의 무게를 가늠해보는 곳. 왠지 무겁게만 느껴지는 천막을 힘겹게 제치고 들어섰다. 털썩, 화라도 난 사람처럼 거칠게 앉은 그는 역술가에게 물었다.

"제 삶은 계속 이렇게 힘들겠습니까?"

역술가는 그의 얼굴을 보며 대답했다.

"계속 그럴 거야."

"정말입니까?"

"응, 복이 안 보여."

"생년월일도 묻지 않고 어째 그렇게 말하십니까."

그제야 역술가는 건조한 말투로 그의 생년을 물었다. '봐 봤자라니까'라고 중얼거리며 종이에 뜻 없어 보이는 몇 자를 적었다. 그가 잠시 후 입을 열었다.

"일흔 초반에 책 쪽으로 뭔가 보이는구먼. 그렇다고 팔자가 피는 건 아니야. 계속 힘들어."

역술가는 단호했다. 돈을 받고 이렇게 안 좋은 이야기만 하

는 역술가가 있을까 의심스러울 만큼 비수 같은 말만 쏟아냈다. 하지만 김항덕 할아버지는 기뻤다. 힘겹게 제쳤던 천막을 가볍게 날리며 그곳을 나섰다. 그는 생긋 웃으며 생각했다. '적어도 일흔은 넘게 산다는 말이구만. 장수하네!'

지독히도 긍정적인 사내였다. 나이 서른, 삶에 지치고 지쳐 사주를 보러 갔는데 안 좋은 말만 실컷 듣고는 오래 산다는 말 하나만 기억하며 좋아했다. 오래 산다니 더 열심히 버텨야겠다고 다짐했다. 그렇게 삶은 이어졌다. 공사판을 학교 삼아 목수 일도 배웠다가 수도 일도 배웠다. 미장 일을 시작하니 자연스레 도배로도 이어졌다. 그렇게 30년을 더 일했다. 힘이 다 빠져 일을 할 수 없게 되었을 때도 그는 해맑게 웃으며 말했다.

"40년을 이 바닥에서 굴러먹으니 집 하나를 혼자 다 지을 수 있을 정도로 기술이 많아졌구먼, 허허."

제 집을 지은 적은 없지만 언젠가 꼭 지을 것이라고 말하는 김항덕 할아버지는 요즘 글을 쓰고 있다. 30년 전, 일흔 즈음에 책과 관련해 뭔가 있다는 역술가의 말을 아직도 철석같이 믿고 있는 것이다. 글쓰기 모임에 나온 것도 그런 이유였다. 자기소개를 해달라는 말에 그가 입을 열었다.

"으레 글은 손이 쓴다고 생각하지만 결국 마음이 쓰는 것 아닌가요? 그러니 이 늙은이가 글쓰기 모임에 나왔다고 타박하지 말아주세요. 내 마음은 조금도 늙지 않았습니다."

여느 할아버지와 크게 다르지 않았다. 말을 시작하면 교장 선생님 훈화 말씀처럼 조금 길었고, 모래시계의 모래가 남김없이 떨어져도 이해를 구하며 한마디 더 했다. 그래도 그를 바라보는 사람들의 눈은 맑았다. '마음은 조금도 늙지 않았다'는 말이 마음에 닿았기 때문일까. 그 안에서만큼은, 우린 나이 구분 없는 젊은 영혼들이었다.

나는 계속해서 나이를 먹어간다. 평생 할아버지는 될 것 같지 않았는데 이미 청년은 넘어선 것 같다. 시간은 밀물처럼 다가올 것이고, 어느새 가슴팍까지 물이 들어찬 나이가 되어도 나는 계속 별을 볼 것이다. 그때가 오면 가슴에 곱게 담았던 김항덕 할아버지의 말을 조금 바꾸어 이렇게 말할 것이다.

"별은 눈으로 보지만 결국 마음 안에 담기는 것 아닌가요? 내 마음은 조금도 늙지 않았습니다."

3부

/

우주는
상상하는 만큼
커진다

끝날 때까진
끝난 게 아니다

태양은 생이 끝나면 백색 왜성으로 죽는다. 어둡고 차가운 천체가 되어 우주에서의 존재감을 잃는다. 별들은 그렇게 빛을 잃고 죽는다. 그러나 백색 왜성 옆에 다른 별이 나타나면 이야기는 달라진다. 백색 왜성은 이웃 별의 도움을 받아 얼마 후 엄청난 폭발을 일으킨다. 다시 한번 빛을 발하는 것이다. 이 순간을 '초신성 폭발'이라고 부른다. 초신성은 수천억 개의 별을 합친 만큼이나 밝아진다. 그러니, 끝날 때까진 끝난 게 아니다.

고무나무가 죽었다. 인도산 고무나무. 탄탄한 줄기에 넙치 같은 잎이 10여 개 달린 화초다. 잎을 만져보니 쫀쫀하고 생기가 넘쳐 쉽게 죽을 상이 아니었다. 가뭄에 콩 나듯, 돌아오는 월급날에만 물을 주어도 평생 살 거라고 했다. 그런데도 죽었다. 싱크대에 올려놓은 바나나 껍질처럼 짙은 갈색으로 썩어버렸다.

고무나무와 처음 만난 장소는 천문대였다. 파랗고 높은 하늘이 선명했던 가을, 함께 일하는 후배가 달려오며 말했다.

"이름 모를 단체에서 화분을 보냈어요."

"뭔 단체?"

"처음 들어봤어요. '구동회'라던데요?"

"내 친구 이름이야."

"네?"

"무슨 '회'가 아니라 사람 이름이라고."

'구동회'는 나의 가장 오랜 친구다. 나에겐 자연스러운 그 이름이 누군가에겐 이름 모를 괴상한 단체가 되다니 웃음이 나왔다. 어쨌거나 친구는 한마디 말도 없이 화분을 보냈다. 받는 사람이 선인장도 말려 죽일 만큼 화초에 무능한 인간인 줄도 모른 채 말이다. 그래서 더 신이 났다. 한번 제대로 키워보고 싶었다. 삭막하고 딱딱한 사무실에 초록의 생기를 한껏 채울 좋은 기회였다.

태양은 생이 끝나면 백색 왜성으로 죽는다.
어둡고 차가운 천체가 되어 우주에서의 존재감을 잃는다.
별들은 그렇게 빛을 잃고 죽는다.

그러나 백색 왜성 옆에 다른 별이 나타나면 이야기는 달라진다.
백색 왜성은 이웃 별의 도움을 받아 얼마 후 엄청난 폭발을 일으킨다.
다시 한번 빛을 발하는 것이다. 이 순간을 '초신성 폭발'이라고 부른다.
초신성은 수천억 개의 별을 합친 만큼이나 밝아진다.
그러니, 끝날 때까진 끝난 게 아니다.

우주는 상상하는 만큼 커진다   129

그러나 제대로 키우기는 무슨. 멋들어진 도자기 화분은 여섯 달도 채 견디지 못하고 폭삭 가라앉았다. 그해 겨울이 너무 혹독한 탓이었다. 이름부터 더운 '인도산 고무나무'가 배달된 곳은 하필이면 시베리아 기류의 최종 목적지 같은 대한민국이었다. 사무실의 시린 새벽 온도를 고스란히 흡입한 고무나무는 속절없이 스러지고 말았다. 초록빛은 사라졌다.

화분은 식물을 심어야 그 쓰임새가 있다. 나무가 죽자 화분은 졸지에 모래를 담아놓은 양동이 신세가 되었다. 그래도 버리진 않았다. 허리까지 올라오는 거대하고 무거운 도자기를 내놓는 일엔 비범한 부지런함이 필요했기 때문이다. 하체 운동을 한 날엔 허벅지가 당겨서 화분을 들 수 없었다. 등 운동을 한 날엔 손가락에 힘이 없어서 잡을 수 없었고, 가슴 운동을 한 날엔 그야말로 가슴이 아파서(!) 내놓을 수 없었다.

결국 화분에 새로운 나무를 심는 것으로 타협했다. 하지만 가여운 생명체를 또 죽일 수는 없었다. 고민 끝에 공들여 관리하지 않아도 생기 넘치는 플라스틱 조화를 심기로 했다. 전에 있던 나무와 비슷한 모양으로. 덕분에 화분은 자리를 지킬 수 있었고, 나 역시 근육통으로부터 안전할 수 있었다. 결과적으로 초록의 생명체(인 척하는 인조 고무나무)는 계속 사무실 한 공간에 자리할 수 있게 됐다.

어느 날 후배가 다시 말했다.

"조화 하나 더 샀어요?"

"웬 조화?"

"화분 좀 보세요."

다음해 봄, 화분에 심긴 조화 옆에 깻잎 같은 잎이 두 장이나 돋아났다. 바로 지난해 죽었던 고무나무였다! 죽은 줄 알았던 녀석이 뿌리에서 새잎을 틔워낸 것이다. 세상에, 고무나무가 살아 있었다니. 고무나무는 '진짜 생기'를 머금고 조화 곁에 잎을 틔웠다. 자신을 대신했던 인조 고무나무와 동고동락하는 사이가 된 것이다.

죽은 줄 알고 화분을 내다 버렸으면 어떻게 됐을까. 나는 화분도 키울 줄 모르고 삶도 잘 모르지만, 죽음을 거름 삼아 기어코 새순을 틔운 고무나무가 내게 건넨 말이 무엇인지는 알 것 같다.

간신히 숨만 쉴 줄 아는 신생아를 경이롭게 바라보듯, 생명은 종종 그 존재 자체만으로 감동을 준다. 끝날 때까진 끝난 게 아니다. 그러니 혹독한 상황 속에 있대도 살아야 한다. 기어코 잎을 틔운 저 고무나무처럼. 수천억 개의 별을 합친 만큼이나 밝아지는 초신성처럼.

사소한 일에
윤기를 내는 사람

"망원경을 이 방향으로 넣으면 더 차곡차곡 많이 넣을 수
있어. 게다가 보기에도 더 이쁘다니까. 봐봐. 아름답지?"

A가 신이 나서 주변 동료들에게 말하고 있다. 그러게. 진
짜 예쁘다. 망원경의 렌즈가 모두 한 방향을 바라보고 있다.
영화 〈아이언맨〉의 토니 스타크가 소유한 값비싼 차들이 주
차장에 널려 있는 것보다 훨씬 아름답다.

20킬로그램쯤 되는 망원경을 옮기다보면 정렬 따위는 상
관이 없어진다. 얼얼해지는 손가락을 주무르며 생각한다.
'4차 산업 혁명의 가운데서 이런 고철 덩어리를 손수 옮겨야

하다니…'

그런 와중에도 A는 신이 났다. "이렇게 하면 더 이쁘지? 캬~"하며 웃고 있다. 단순하고 보잘것없어 보이는 일에도 어쩜 저리 정성스러울까. 10여 년 전 한 의류 매장에서 아르바이트를 할 때 상사와 나눈 대화가 기억난다.

"승현 씨, 바지를 걸 때는 재봉선이 잘 보이도록 접어서 거는 게 좋아요."

"왜요?"

"로고의 위치가 손님이 볼 때 더 보기 좋거든요."

"아…! 그러면 혹시 티셔츠 접는 방법도 따로 있나요?"

"당연하죠. 이리 와보세요!"

그날 상사는 방긋 웃으며 옷 개는 법을 알려줬다. 로고가 전면에 예쁘게 드러나는 아름다운 기술이었다. 팔을 두어 번 휘휘 움직이면 마법처럼 옷이 정리되었다. 공장에서 갓 나온 것처럼 정갈한 모양으로 변했다.

살다보면 그런 사람들을 실제로 만나게 된다. 어떻게 하면 조금 더 나은 방법으로 더 잘할 수 있을까를 생각하는 사람. 그러다 방법을 찾으면 자기가 연구한 내용을 신나게 알려주는 사람. 어떤 일을 하든 시간만 채우는 게 아니라 그 일에 영혼을 쏟는 사람. 돈을 더 받는 것도 아니고 진급이 빨라지는

누군가에게는 하찮게 느껴지는 일이라도 그 일에 정성을 다하는
사람들을 보면 존경심이 든다. 그들의 표정은 자부심으로 빛난다.
당당하고 자신감 있다. 자기 일에 몰두하는 사람들의 얼굴엔 영혼이 있다.

것도 아닌데 옷 하나를 개면서도 심혈을 기울이는 사람.

누군가에게는 하찮게 느껴지는 일이라도 그 일에 정성을 다하는 사람들을 보면 존경심이 든다. 그들의 표정은 자부심으로 빛난다. 당당하고 자신감 있다. 자기 일에 몰두하는 사람들의 얼굴엔 영혼이 있다.

정성스러운 사람들에게서는 좋은 에너지가 뿜어져나온다. 주렁주렁 싱싱한 열매가 가득 달린 사과나무 아래 앉은 것처럼, 곁에만 있어도 꽉 채워진 느낌을 받는다. 그래서 뭘 어쩔 거냐고? 글쎄. 그냥 망원경의 렌즈가 모두 한 방향을 바라볼 수 있도록 조금 더 단정하게 담겠다는 이야기다. 무거운 이 첫 덩이를 조금 더 정성스러운 마음으로 옮기겠다는 다짐이다.

그래서요?

태양은 곧 죽는다. 50억 살쯤 먹은 뚱뚱하고 막돼먹은 태양은 얼마 후 죽는다. 자외선을 표창처럼 던지며 나에게 짙은 고동색 피부를 선물한 태양의 수명은 얼마 남지 않았다. 아이들이 황혼을 맞아 검은 머리가 파뿌리처럼 변해도 태양은 지금 모습 그대로겠지만, 결국 죽을 것이다.

"도대체 언제요?"

"50억 년 후에."

"그래서요?"

"그래서요, 라니?"

"50억 년이면 우리랑 상관없지 않아요?"

"그래도 사라지잖아. 신기하지 않아?"

"우리랑 관련이 없잖아요."

"연예인도 우리랑 별로 관련 없지만 재밌잖아!"

"태양은 다르잖아요!"

예전에 수업을 듣던 아이들이 말했다. "그래서요?"라고. 태양이 50억 년 후 사라지는 게 우리와 무슨 상관이 있나요. 없지. 물론 없지. 그 순간에는 너도, 나도, 그리고 우리가 알 만한 그 어떤 생명체도 존재하지 않을 테니까. 그런 생각이 꼬리를 무니 갑자기 힘이 쭉 빠진다. 아이들에게 과학은 가십 거리보다 재미가 없다. '그래서요'에 한 방 맞은 나는 민망함을 선크림처럼 바르고 따가운 별빛을 맞았다.

어떤 부분에서 과학과 가십은 별로 다르지 않다. 태양 표면이 이글거리는 용암보다 5배쯤 뜨겁다는 사실은 우리의 삶에 별반 도움 되지 않는다. 태양에 몽고점처럼 피어 있는 흑점이 태양 표면보다 덜 뜨겁다는 사실도 마찬가지다. 이런 과학적 정보는 멜론 결제일이 이틀 남았다는 사실보다 덜 실용적이며, 편의점 도시락을 전자레인지에 돌릴 때 뚜껑을 빼지 않아도 된다는 것보다 덜 혁명적이다. 결국 과학도 인류 발전의 위대한 꿈보단 흥미가 우선시되어 결정되는 순간이 있다.

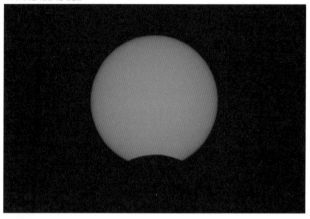

누군가에게 무엇을 줄 때는 곱게 싸서 주어야 한다.
아무리 맛 좋은 커피를 준대도 잔에 손을 데면 말짱 도루묵이다.
뜨거운 커피는 받침 위에 놓고 줘야 한다.

천문학 정보를 전달할 때 역시 재미난 상상과 이야기로 포장을 해야 한다.
그러니 심지어 사랑을 줄 때는 시간과 공을 들여 천천히 주어야 탈이 없다.
무엇이든 줄 게 있다면 조금 더 신중할 필요가 있는 것 같다.
더 좋아하는 것일수록, 더 그렇다.

천문학은 내 인생 전반에 널려 있다. 먼지가 아침 이슬처럼 내린 책장에는 대부분 천문학 책이 꽂혀 있다. 아직도 많은 웹사이트의 비밀번호는 '별천지'다. 몇 년간 탄 비행깃값만 모았어도 전세금을 올려달라는 주인아주머니의 말에 콧방귀를 시원하게 뀔 수도 있었을 텐데, 그 귀한 돈을 별을 보러 가는 데 써버렸다. 밤하늘은 내게 그 정도로 흥미로운 존재다.

하지만 그것은 오로지 나에게만, 한길만 보고 좁게 살아온 나의 세계에서만 적용되는 진리였다. 누구에게나 밤하늘이 흥미롭고 중요하지는 않은 것이다. 그들의 관심을 파악하지 못한 채로 밤하늘 지식을 구겨넣는 내게 아이들은 때로 준엄한 심판을 내린다.

'그게 뭐요?'

'그래서요?'

그럴 때면 뭐랄까, 소개팅에서 최선을 다해 썰을 풀고 났더니 "그러시구나… 뭐 다른 재밌는 얘기는 없어요?" 하고 되물음 당한 기분이다. 하. 나만 재밌는 이야기였다니.

〈한끼줍쇼〉라는 방송을 보면 스타급 연예인들이 초인종을 누르고 말한다. "안녕하세요, 가수 A입니다." 그러면 집주인은 이벤트에 당첨이라도 된 듯 화들짝 놀라며 좋아한다. 어떤 이들은 우리 집엔 안 오느냐며 기다리기도 한다. 그런데 의외로 이렇게 묻는 사람도 많다.

"그런데요?"

어디에서나 환영받고 반짝이던 연예인들은 이 '그런데요?' 한 방에 속절없이 쓰러진다. 기대했던 환대 대신 방문한 이유를 구구절절 설명해야 하는 불청객이 되었기 때문이다. 하긴, 아무리 연예인이라도 대뜸 카메라를 대동하고 오다니. 연인에게도 보여주지 않은 '생얼'과 부모도 이해하지 못하는 방구석이 만천하에 공개된다면 나라도 퇴짜를 놓겠다. 연예인의 방문이 누구에게나 선물이 되는 것은 아닌가 보다.

삶은 그런 민망한 순간들의 연속인 것 같다. 나에겐 중요한 것이 누군가에겐 보잘것없는 것이 된다. 내가 건넨 것과 상대로부터 받은 것이 영 다를 때가 있다. 잔돈은 괜찮다는 말에 뭔 놈의 팁이냐며 천 원을 공중에 흩날린 택시 기사님도 있고, 필살기로 날린 개그가 "아재냐"는 비아냥이 되어 돌아오기도 한다. 정직한 말이 '팩트 폭행'이 되어 상대의 마음에 비수를 꽂을 수도 있다. 아무리 좋고 귀한 것을 주어도 결국 판단은 받는 쪽에서 하기 마련이다. 이것이 미래 인류의 존망이 달린 태양의 부재도 누군가에겐 '그래서요?'가 되는 이유다.

그러니 누군가에게 무엇을 줄 때는 곱게 싸서 주어야 한다. 아무리 맛 좋은 커피를 준대도 잔에 손을 데면 말짱 도루묵이다. 뜨거운 커피는 받침 위에 놓고 줘야 한다. 천문학 정보를 전달할 때 역시 재미난 상상과 이야기로 포장을 해야 한다. 그러니 심지어 사랑을 줄 때는 시간과 공을 들여 천천히 주어야 탈이 없다. 무엇이든 줄 게 있다면 조금 더 신중할 필요가 있는 것 같다. 더 좋아하는 것일수록, 더 그렇다.

사실,
저도 우주 영화 어렵습니다

똑똑한 사람처럼 보이고 싶었다. 하지만 '똑똑하고 싶어!' 하며 몸부림치는 사람처럼 보이긴 싫었다. 자연스레 지식을 습득해온, 그러나 그것을 드러내려 온몸으로 티내지 않는 우아하고 멋진 지식인이 되고 싶었다.

그래서 모르는 것을 모른다고 말하지 못했다. 우주에 관한 것이라면 더욱 그랬다. 천문학을 전공하고 별에 대해 모르면 지식인은커녕 본전도 못 찾은 사람 취급을 당할 것 아닌가. 그런데 천문학과에서는 별자리 같은 건 개미 더듬이 만큼이나 조금 배운다. 어쨌든 아는 척했던 건 사실이다.

고백하자면, 나는 우주 영화를 100퍼센트 이해하지 못한다. 영화 〈인터스텔라〉를 처음 봤을 때는 졸았다. 너무 장엄해서 잠들었고, 어려워서 코를 골았다. 영화 속 상대성 이론은 〈인터스텔라〉를 해설한 책을 보고 나서야 이해할 수 있었다. 그나마도 어렴풋이.

천문학을 전공했다는 이유로 여기저기서 〈인터스텔라〉에 대한 질문이 쏟아졌을 때, 나는 귀를 후비며 대답했다. "이게 좀 어려워서, 설명하자면 좀 길고 복잡한데…."

이 말은 '어려워서 나도 몰라. 하지만 네가 원한다면 좀 길고 복잡하게 설명해서 내가 뭔가를 아는 척하는 것처럼 굴 수는 있어'라는 뜻이다. 모두 아는 사실이겠지만 무언가를 아주 잘 아는 사람은 나처럼 장황하게 말하지 않고 어려운 개념도 간단하고 쉽게 설명한다.

열정 넘치는 천문학도인 척하던 순간들은 또 어찌나 많았던지. 친구들에게 버릇처럼 말했다. "나는 천문학 영화만 나오면 영화관에 달려가 혼자서 우주를 만끽해." 솔직히 영화 〈그래비티〉는 아직도 안 봤다.

"별을 보다보면 지구의 작은 고민들은 아주 싱거운 게 되어버리지"라고 말하면서 속으론 '그나저나 쟤는 빌려간 만 원은 도대체 언제 주려는 거야?' 하고 되뇐 적도 있었다. 광

© 수지어린이천문대장 신용운

활한 우주 님, 이 작은 먼지 같은 고민들에서 헤어나올 수 있는 방법이 있긴 한가요?

영화 〈굿 윌 헌팅〉의 주인공 '윌'은 천재다. MIT 수학자들도 못 푸는 문제를 청소 중에 재미로 풀어버릴 정도다. 그러나 어린 시절 부친의 학대로 그의 마음은 망가져버렸고, 비상한 머리를 쓰는 대신 거칠게 몸을 쓰며 빈민가의 일용직 노동자로 살아간다.

안타까운 환경 속에서 윌은 문제아가 되었다. 밥먹듯이 주먹질을 했다. 술과 폭력이 그의 천재성을 가렸다. 결국 법원은 윌에게 심리 치료를 명령했고, 그는 심리학 교수인 '숀'을 만나게 된다.

천재 윌은 똑똑했지만 오만했다. 남의 조언을 받아야 한다고 생각하지 않았다. 의심도 많았다. 하지만 그런 윌을 바라보는 숀은 고요했다. 윌이 잘난 머리를 이용해 숀을 공격하고 비난해도 묵묵히 들어주었다. 오히려 윌과 눈을 마주치고 그에게 천천히 시간을 주었다. 다가가지도 멀어지지도 않았다. 따뜻한 관계란 것을 경험한 적 없는 윌에게 섣불리 조언하지 않았다.

윌과의 일곱 번째 만남에서 숀은 그제야 무겁게 입을 연다. 그러고는 상처받고 내동댕이쳐진 윌에게 이렇게 말한다.

"It's not your fault(네 잘못이 아니야)." 덥수룩한 수염에 색이 바랜 초록 스웨터를 걸친 채로, 그는 아홉 번 더 말한다. "네 잘못이 아니야."

나는 그 장면을 보며 전율을 느꼈다. 그래, 이거지. 내가 되고 싶은 사람은 윌이 아니라 숀이었다. 천재가 아니라 누군가를 위로할 수 있는 사람. 세상의 모든 지식을 알지는 못하지만, 사람을 이해할 순 있는 사람. 나는 지식인보다는 '어른'이 되고 싶었던 것이다.

어른은 적당하게 늘어진 버드나무 줄기 같다. 점프하면 쉽게 닿을 것 같은데 도통 닿지 않는다. 곧 될 것 같은데, 좀처럼 되지 않는다. 아직 어른이 되지 못한 나는 여전히 사소한 고민에 무너진다. 작은 불안에도 스러진다.

어머니는 내가 여덟 달 만에 나와 산 게 기적이라고 하셨다. 누이는 내가 일찍 별을 좋아하게 된 게 기적이라고 했다. 이 두 개의 기적이 나를 이기적인 사람으로 만든 걸까. 어른의 길은 여전히 멀게만 느껴진다.

SF 영화를 모두 이해한다고 어른이 되는 것은 아니다. 별자리에 해박한 사람이 곧 어른인 것도 아니고, 겉으로 무척이나 똑똑해 보인다고 다 어른인 것은 아니다. 서른이 넘어서도 어떻게 해야 어른이 되는지 난 모르겠다. 하지만 적어도 무언가를 많이 안다고 되는 것은 아닌 것 같다. '알기만 하는' 이기적인 사람은 멋진 어른이 아니다.

이제야 고백한다. 사실, 저도 우주 영화 어렵습니다.

결핍으로
채워지는 것들

　나는 물욕이 없는 편이다. 더 정확하게 말하면 무언가를 가지지 못해 안타까워한 적이 없다. 내 생일 때도 마찬가지다. 뭘 갖고 싶냐고 동료들이 물으면 이렇게 말한다. "글쎄, 갖고 싶은 거 없는데…" 어떻게 그러냐고? 비밀은 간단하다. 원하는 게 있으면 곧장 사기 때문이다. 물욕이 없다기보단 생기는 즉시 해소한다고 말하는 게 정확하겠다.

　물욕 따위를 오랫동안 놔두지 못하는 나는 하나라도 더 줄이고, 소유하려는 마음을 비우는 미니멀 라이프의 흐름 속에서도 굳건히 쇼핑을 하고 있다.

어디서든 글을 쓰겠다며 아이패드를 샀다. 프로로. 최신형 펜슬과 전용 키보드까지 샀다. 글은 30만 원짜리 구형 아이패드로도 쓸 수 있다. 그러나 보기만 해도 가슴이 확 트이는 신형 아이패드의 액정과 그 위를 부드럽게 미끄러지는 펜슬에 이미 넋을 놓은 후였다. 사지 않을 수 없었다.

그렇게 구매한 아이패드를 들고 간 첫 여행은 몽골이었다. 푸른 초원 위에 덩그러니 놓인 게르에 묵었다. 게르 안엔 사람이 살 최소한의 것들만 간소하게 놓여 있었다. 누워 잘 수 있는 싸구려 침대와 추위를 막는 나무 보일러가 최대치의 편의 시설이었다. 그나마도 나무가 떨어지면 원주민에게 가서 나무가 없다고 몸짓으로 말해야 했다. 양팔을 감싸쥐고 오들오들 떠는 시늉을 하면 그제야 나무를 넣어줬다. 그러니까, 그곳은 사실상 아무런 편의 시설도 없는 것과 같았다. 맥시멀 라이프를 전공한 사람이 미니멀 라이프라는 망망대해에 던져졌다. 수영은커녕 물장구도 칠 줄 몰랐던 나는 허우적대며 그 속으로 가라앉고 있었다.

"데이터가 안 터져서 글을 써도 업로드가 안 되잖아!"

분명히 하루에 만 원 가량을 내는 데이터 무제한 로밍을 신청했다. 자동차 대신 말을 타고 다니는 곳에서도 데이터가 터지다니! 새삼 지구인의 기술에 감사했다. 하지만 감사는 무슨, 이 드넓은 초원에서는 약정도 무용지물이었다. 결국 백 원어치도 연결되지 못하는 데이터 무제한을 취소했다. 아이 패드와 가장 안 어울리는 이곳, 바로 몽골이었다.

데이터가 끊긴 아이패드와 초원은 어색하게 조우했다. 비를 막을 천막과 덩그러니 바닥에 놓인 아이패드. 나는 그 가운데 생뚱맞게 떨어진 낱알 같은 사람이 되었다.

"비가 그친 것 같은데?"

"진짜? 혹시 그러면!?"

몽골의 여름은 한 달에 이틀쯤 비가 온다던데, 우리는 그 이틀 내내 비를 맞은 터였다. 그날 밤 12시가 되어서야 천막을 때리던 빗소리가 멈췄다. 우리는 급한 마음에 신발도 구겨 신고 누가 먼저랄 것도 없이 곧장 뛰쳐나갔다. 아이패드는 바닥에 내팽개쳤다. 중요한 건 아이패드가 아니라 은하수였다! 은하수는 살랑거리는 스카프처럼 몽골의 밤하늘에 한가득 펼쳐져 있었다.

나는 은하수가 좋다. 밤하늘에는 오로라도 있고, 멋지게 모여 있는 은하 성단도 있고, 누군가의 소원을 안고 떨어지는 별똥별도 있지만 은하수가 제일 좋다. 왜 좋냐고 물으면 뒷머리를 긁적이며 이렇게 말할 거다. "글쎄요… 예쁘잖아요."

은하수에서 뿌옇게 구름처럼 보이는 것들은 모두 별이다.

은하수는 항상 저 위에 있다.
서울의 밤하늘에도, 뉴욕의 밤하늘에도,
몽골의 밤하늘에도 늘 존재한다.
때로는 구름에, 때로는 불빛에
가려지는 서글픈 운명이지만,
그럼에도 언제나 존재하고 있다.
빛과 어둠처럼 한쪽이 사라져야
비로소 다른 한쪽이 드러나는 것이다.
보이지 않아도 머리 위에 꽉 차게
빛을 감추고 있는 은하수.
그렇기에 그 존재만으로 벅차다.

수천억 개의 작은 별들이 촘촘하게 모여서 구름처럼 보이는 것이다. 하나하나는 작은 모래 알갱이지만 한데 모여 새로운 형태를 만드는 샌드 아트sand art 처럼, 은하수도 낱낱의 별들이 모여 찬란한 모임을 이룬다.

게다가 은하수는 항상 저 위에 있다. 서울의 밤하늘에도, 뉴욕의 밤하늘에도, 몽골의 밤하늘에도 늘 존재한다. 때로는 구름에, 때로는 불빛에 가려지는 서글픈 운명이지만, 그럼에도 언제나 존재하고 있다. 빛과 어둠처럼 한쪽이 사라져야 비로소 다른 한쪽이 드러나는 것이다. 보이지 않아도 머리 위에 꽉 차게 빛을 감추고 있는 은하수. 그렇기에 그 존재만으로 벅차다.

그러니 이 찬란한 별들의 모임을 보기 위해서는 무언가를 챙기는 대신 내려놔야 한다. 도시의 편의점, 길목의 가로등, 아이패드의 불빛 따위와는 멀어져야 은하수를 만날 수 있다. 망원경도 필요 없다. 아무것도 없어야 볼 수 있는 것이 은하수다. 아무것도 손에 쥐지 않았을 때 만날 수 있는 것들이 있다. 은하수도 그중 하나다.

몽골의 시간은 정직하다. 더 빠르거나 느리지 않고 그저 내가 걷는 만큼만 정직하게 흘러간다. 숨을 헐떡이며 언덕의 중간까지 올라갔다. 숨이 차 멈춰 서면 시간도 함께 멈춰 기다려주었다. 그곳에서 올려다본 하늘을 아직도 기억하고 있다.

전기가 들어오지 않으면 무섭다. 가로등이 없으면 두렵다. 화장실이 없는 것은 끔찍하다. 무엇이든 넘치는 시대에 무언가가 없다는 것은 곧 불편함을 말한다. 맥시멀 라이프를 사는 사람의 입장에서 보면 미니멀 라이프는 지구에서 몇 광년은 먼 행성 같이 낯설다. 하지만 괜찮다. 우리는 그 결핍으로 인해 평생 잊을 수 없을 찬란한 은하수를 만날 것이다. 그로 인해 또 다른 소중함을 마주할 것이다.

고작 혜성 같은
걱정입니다

벌써 10년 전 일이다. 로마에 도착했다. 무려 나 홀로. 멋있고, 매너 좋고, 한약보다 쓴 에스프레소를 달콤하게 머금으며 로맨스를 논할 것 같은 사람들의 도시에 내가, 여행객으로 도착한 것이다.

그러나 수려한 도시 분위기와 달리 내 행색은 쫄보가 따로 없었다. 로마에 간다고 하자 주변에서 우수수 쏟아진 조언 때문이었다. "로마에서 백팩을 메고 다니면 '제 물건을 공짜로 나누어 드립니다!' 하는 거랑 똑같대." 그 말에 나는 옆으로 메는 크로스백을 알처럼 소중히 품고 다녔다.

티베트 속담에
'걱정한다고 걱정이 사라지면 걱정이 없겠네'라는 말이 있다.

"알지? 해지고 돌아다니면, '여기 돈 많은 여행객이 여러 분께 납치할 기회를 드려요!' 하는 꼴인 거"라는 말이 머릿속에 맴돌아서 신데렐라도 아닌데 12시, 아니 6시만 되면 꼬박꼬박 숙소로 기어들어왔다. 잘 몰라서 무서웠고, 잘 몰라서 겁먹었다. 첫 여행이었기에 더 그랬다. 사람들이 말하는 '로마의 밤'은… 숙소에서 바라본 천장 풍경 같은 거였나?

무지가 주는 공포감은 언제나 존재했다. 로마의 황제 네로도 그 공포에서 벗어날 수는 없었다. 세상 위에 군림했던 그도 덜덜 떨며 두려워한 대상이 있었다. 바로 혜성이다. 언젠가 천문대를 찾은 아이들과 나누었던 대화가 떠올랐다.

"옛날엔 혜성을 엄청 무서워했어."

"네? 왜요? 혜성은 그냥 더러운 얼음덩어리잖아요."

"그렇지. 그렇지만 그걸 몰랐던 옛날 사람들은 무서울 수밖에 없었어. 난데없이 튀어나와 머리를 풀어헤치고 다니니 마귀로 착각한 거지. 심지어 로마의 황제 네로는 혜성이 나타날 때마다 자신의 후계자가 될 만한 사람이나 대신 들을 모아 놓고 죽였대."

"혜성이 나타났는데 왜 사람을 죽여요?"

"잘 모르는 것일수록 더 공포스럽잖아. 멀쩡했던 집이 갑자기 정전이 되면 무서운 것처럼!"

그렇게 네로 황제는 혜성이 나타날 때마다 애꿎은 이들의 목숨을 앗아갔다. 반역자가 나올까 두려웠던 것이다. 마귀가 아니라 고작 더러운 얼음덩어리에 불과한 존재 때문에 자신들이 희생되었음을 그들이 알면 얼마나 허무해할까.

비슷한 일은 중국에서도 있었다. 일식을 두려워한 중국의 황제가 일식을 제대로 예측하지 못한 천문학자를 사형시켰다. 개기 일식은 달이 태양을 가리는 현상일 뿐이다. 다시 말하면, 그저 커다란 그림자가 나타난 것이다. 고작 그 커다란 그림자 때문에 절명한 사람들, 무지로 인한 두려움 때문에 희생당한 사람들이 있다. 진실은 먼 길을 돌아 느리게 오고, 허황된 추측은 직선으로 날카롭게 꽂히는 법이다.

로마를 떠나 베니스에 도착해서야 알았다. 이탈리아의 밤이 눈부시게 아름답다는 것을. 물에 잠긴 도시는 빛으로 흔들거렸다. 노란 조명이 바다 앞을 채웠다. 산마르코 광장의 악사들은 해가 지고 나서야 연주를 시작했고, 전 세계 여행자들은 음악에 맞춰 너 나 할 것 없이 춤을 췄다. 내 마음도 그들의 몸짓을 따라 함께 춤을 췄다.

악기가 많아서, 사람이 많아서, 사람들의 눈빛이 맑아서 밤이 환했다. 광장 옆으로 나 있는 항구에 털썩 앉았다. 그 빛들을 와인과 함께 잔에 담았다. 푸른 바다가 넘실대며 발 앞에

실체 없는 걱정이 또 다른 걱정을 물고 올 때마다
나는 나에게 말해준다. '고작 혜성 같은 걱정이야'라고.

쏟아질 때마다 행복이 한줌씩 더 다가와 발을 적셨다. 이게 밤이구나. 이탈리아의, 유럽의 밤이구나. 로마의 밤은 어디에 있었을까. 아쉬워하며 가슴을 탕탕 쳤다. 지금이 너무 행복해서, 로마에서 가슴 졸이며 보냈던 밤이 너무 아쉬워서 미쳐버릴 것 같았기 때문이다. 걱정이 나의 여행을, 나의 과거를 갉아먹은 것이다.

잘 모르는 것은 두렵다. 이 사람과 지금은 행복한데 늙어가면 고통스럽지 않을까. 회사를 옮겼다가 괜히 더 힘들어지진 않을까. 김치찌개에 소시지를 넣으면 망하지 않을까. 이렇지 않을까. 저렇지 않을까. 답은 늘 껍질 안에 담겨 있기에 깨보기 전까지는 알 수 없다. 삶은 계란인 줄 알았는데 생계란일 수도 있고, 병아리가 몸을 웅크리며 부화를 기다리고 있을지도 모른다.

티베트 속담에 '걱정한다고 걱정이 사라지면 걱정이 없겠네'라는 말이 있다. 물론 걱정을 하지 않는다는 것이 말처럼 쉽다면 얼마나 좋겠는가. 허나 걱정은 골리앗이고 긍정은 다윗인 것을. 체급 차이가 너무 많이 나서 자꾸 지게 된다. 그래도, 실체 없는 걱정이 또 다른 걱정을 물고 올 때마다 나는 나에게 말해준다. '고작 혜성 같은 걱정이야'라고. 천문학을 선택하면 밥은 먹고살 수 있을까 고민하던 청년이 지금은 월급

날이면 소갈비 한 번쯤 용기 내어 사 먹을 수 있게 되었지 않느냐고. 물론 평소보다 조금 더 많은 용기가 필요하지만 말이다.

100퍼센트의
관측지

나는 여행 중독자다. 사냥감을 탐색하는 고양이처럼 눈치를 살피다 1년에도 대여섯 번씩 달려나간다. 따사로운 햇살 아래 거만하게 누워 칵테일을 물처럼 들이켜는 휴양도 좋고, 노오란 불빛을 쏟아내는 장엄한 콜로세움 앞을 거니는 여행도 좋아한다. 제주 앞바다에 넋 놓고 앉아 무한 리필로 제공되는 딱새우를 먹어치우는 것도 환상적이고 말고.

그러나 가끔은 일의 연장선 위에 있는 여행도 있다. 천문대에서 별을 보기 위해 떠날 때 그렇다. 반쯤은 필요로, 반쯤은 낭만으로. 어쩔 도리가 없다. 더 많은 것을 보아야 더 많은 이야기를 할 수 있으니까. 이것이 천문대 강사로 살아가는 나의 업보니까. 덕분에 1년에 한두 번은 별이 잘 보이는 곳으로 떠난다.

문제는 바로 이 지점이다. '100퍼센트의 관측지'를 만나는 건 도무지 쉬운 일이 아니다. 몽골처럼 도시와 동떨어진 초원과 어둠을 만났다 싶으면 시설이 열악했다. 드넓은 초원을 드넓은 화장실로 써야 했고 씻는 것도 불편했다. 이틀이 지나자 수염은 거뭇해졌다. 번들번들한 기름이 이마에 자리잡았다. 어느새 나는 몽골인이 나에게 몽골어로 자연스럽게 말을 건넬 정도의 몰골을 하고 있었다.

그런가 하면 오로라를 보러 떠난 캐나다 북부 지방의 기온은 영하 40도를 웃돌았고, 낮은 북극성을 보겠다며 떠난 적도 근처에서는 하루 종일 비가 내렸다. 사막에서 별을 보기 위해 예약한 일본의 돗토리현에 갔을 때는 승용차가 날아갈 만큼 험악한 태풍이 우릴 덮쳤다.

별을 보겠다는 간절한 마음으로 많은 곳을 떠돌아다녔지만 도무지 100퍼센트 완벽한 관측지는 찾을 수 없었다. 따뜻하고 안락하며, 교통이 편하고 안전한 관측지는 왜 존재하지 않는 걸까. 왜 그런 곳에서는 별이 잘 보이지 않을까.

그쯤 되니 '어쩌면 100퍼센트의 관측지는 존재할 수 없는

만약 지금 당신이 춥고, 더럽고, 불편함으로 가득한 관측지에서 실망하고 있다해도 100퍼센트 완벽한 관측지는 분명 존재한다.
그리고 어디선가 당신을 애타게 기다리고 있다.

것이 아닐까?' 하는 생각이 들었다. 왜, 초콜릿도 카카오 함량 56퍼센트는 다소 달고 99퍼센트는 쓰기만 하지 않은가. 그러므로 72퍼센트쯤에서 적당히 만족하는 게 인류의 적절한 타협점일 게다. 그러니 자연을 바라보고자 하는 나의 열망도 '72퍼센트 정도의 관측지'로 만족해야 하는 게 아닐까 싶었다.

그날 밤도 별다른 기대는 없었다. 미국 서부의 그랜드 캐니언에 도착한 날이었다. 국립공원 안에 위치한 작은 숙소에 도착했다. 깔끔한 화장실에 푹신한 침대가 있는 숙소였다. 짐을 내려놓자마자 밖으로 나왔다. 그러다 문득 별이 보일까 싶어 고개를 들었다. 하늘이 뿌옜다. 하필 구름이라니! 지지리 운도 없지. 아무 잘못 없는 나의 마음 한 틈으로 작은 한탄과 실망이 스며들기 시작했다. 그때 함께 나온 동료가 말했다.

"저건… 구름이 아닌 것 같은데요?"

"그럼 뭐지?"

"그러게요. 숙소 앞이라 너무 밝아서 잘 안 보이네요."

"조금 더 어두운 쪽으로 걸어가볼까?"

'택시 회사에서 멤버십을 운영했다면 넌 VVIP일 거야'라는 소릴 들을 정도로 택시를 애용하는 나는 걷는 것을 좋아하지 않는 사람이다. 별을 보러 나가는 길도 크게 다르지 않아서

한 100미터쯤 더 갔다가 금방 돌아올 생각이었다. 한 걸음 한 걸음에 귀찮음이 잔뜩 담겼다. 3분쯤 걸었을까. 나는 조금 전 장거리 마라톤을 마친 기색으로 다시 하늘을 올려다보았다.

아까의 희뿌연 구름은 더 진해져 있었다. 그것은 구름이 아니었다. 구름이 저렇게 길고 흩뿌려놓은 진주알처럼 생겼을 리 없다. 내가 아는 한 검고 푸른빛을 동시에 내는 구름은 없기 때문이다. 은하수가 확실했다. 우리는 귀신에 홀린 듯 멈추지 않고 걸었다. 한 걸음 한 걸음 옮길 때마다 더 진하고 황홀한 은하수가 튀어나왔다. 우리는 우주를 향해 걷고 있었다.

영어가 통하고 시설이 깔끔하며 추위에 떨지 않아도 되는 곳이었다. 구름은 없었다. 불빛도 없었다. 교통은 편했고, 별은 쏟아졌다. 마음만 먹으면 30초 내외로 숙소에 뛰어들어갈 수도 있었다. 그렇지만 발이 떨어지지 않았다. 밤하늘이 말하고 있었다. "이 모습을 보고도 돌아갈 마음이 든다고?"

밤하늘에게 멱살을 잡힌 우리는 밤새 별빛을 충전했다. 채워도 채워도 모자랐던 별빛 보관함이 은하수로 가득 찼다.

이 글을 읽는 당신께 말한다. 만약 지금 당신이 춥고, 더럽고, 불편함으로 가득한 관측지에서 실망하고 있다해도 100퍼센트 완벽한 관측지는 분명 존재한다. 그리고 어디선가 당신을 애타게 기다리고 있다.

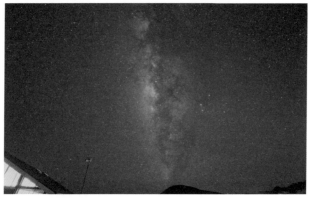

열악한 상황에서도 행복하게 별을 보려는 노력을 아끼지 않는다면,
언젠가 100퍼센트의 관측지가 당신에게 선물처럼 다가올 것이다.

로켓은
슬픈 굉음을 뿜었다

뮤어 우즈Muir Woods 국립공원의 삼나무는 근사했다. 샌프
란시스코의 금문교를 건너서 만난 울창한 숲이었다. 시원하
게 뻗어올라간 나무를 보고 있자니 하마터면 나무를 탈 뻔했
다. 영화 〈혹성 탈출〉에서 침팬지들이 행복하게 나무를 타던
장면이 눈앞에 겹쳐졌다. 그렇다, 인간과 침팬지는 어쩌면 크
게 다르지 않을지도 모른다. 유전적 차이도 1.6퍼센트에 불
과하다고 과학자들은 설명한다.

　1950년대 말, 나사NASA 는 선택해야 했다. 미국은 소련과
의 우주 개발 경쟁에서 패배했다. 인공위성도, 개도 소련이 먼

캄캄한 우주에서 불빛이 나타나길 기다린 침팬지를 생각한다.
인간과의 유전적인 차이가 적다는 이유로 실험에 이용된
햄의 모습을 상상해 본다.

저 우주로 쏘아올렸다. 미국은 애써 침착한 척을 했다. 저들은 고철 덩어리나 개를 우주에 보낸 것에 불과하다며 스스로를 위로했다. 그러나 부족했다. 꼬깃꼬깃 구겨진 자존심을 펴려면 방법은 하나. 소련보다 먼저 인간을 우주로 보내야 했다.

하지만 우주 비행이 사람에게 안전한지 장담할 수 없었기에 연습이 필요했다. 인간과 비슷하면서 지능도 높은 동물을 먼저 보내야 했다. 침팬지였다. 결국 나사는 침팬지를 우주에 보내기로 결정했다. 1961년, 카메룬에서 생포된 침팬지 '햄'이 고된 훈련 끝에 로켓에 실렸다.

미국과 소련은 햄 이전에도 많은 동물들을 우주로 쏘아올렸다. 그중엔 쥐와 개, 원숭이도 있었다. 누군가에게는 장엄한 역사였겠지만 동물들은 우주에서 외롭게 죽었다. 중력을 견디지 못해서, 뜨거워서, 산소가 없어서, 기술이 부족해서 죽었다. 1950년대에 우주로 쏘아올려진 동물들이 지구로 살아 돌아온 경우는 단 한 번도 없었다.

그들의 죽음은 과학 발전에 필요한 위대한 희생인 양 선전되었지만 실상은 달랐다. 좁은 캡슐이 그들의 마지막 세계였다. 햄도 그 캡슐에 앉았다. 로켓은 슬픈 굉음을 뿜으며 우주로 향했다.

다행히 햄은 살아 돌아왔다. 영장류 최초로 지구를 내려다보았다. 햄의 비행 시간은 단 16분이었다. 그 시간을 위해 햄은 목숨을 걸었고, 15개월간의 훈련도 마쳤다. 그런 후에야 우주에서 푸른 지구를 바라볼 수 있었다. 햄은 지겹도록 훈련한 대로 섬광을 보고 레버를 당겼다. 연구진은 우주에서도 인지 능력을 잃지 않은 햄을 보며 환호했다.

캄캄한 우주에서 불빛이 나타나길 기다린 침팬지를 생각한다. 인간과 유전적인 차이가 적다는 이유로 실험에 이용된 햄의 모습을 상상해본다. 햄이 실험 과정에서 느꼈을 고통 역시 인간과 비슷하지 않았을까?

햄은 그 뒤로도 17년을 더 살았다. 워싱턴 D.C의 동물원에서 아들, 딸도 낳았다. 자신을 둘러싼 인간들에게 "어이 인간들, 우주에 다녀온 원로에게 바나나 하나 더 주게" 하며 남은 생을 안락하게 지냈을지도 모른다. 하지만 나는 햄이라는 침팬지로부터 시작된 지독한 우주 개발의 역사를 아직 이해하지 못한다.

햄이 살아 돌아오지 못했다면 어떻게 되었을까. 그렇다면 사람을 우주로 보내는 일을 그만두었을까. 글쎄, 아마도 제2, 제3의 햄이 살아 돌아올 때까지 계속해서 로켓을 쏘아 결국 인간도 우주에 닿았을 것이다. 인간의 욕심과 과학 사이에서 절묘한 균형이란 것이 있는지 모르겠지만, 한 가지는 분명하다.

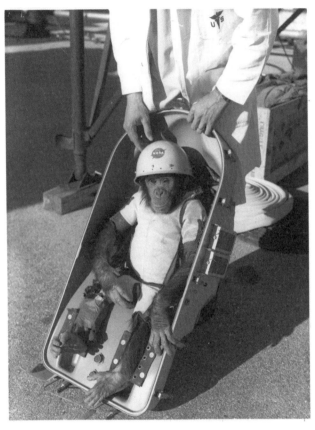

캄캄한 우주에서 불빛이 나타나길 기다린 침팬지를 생각한다.

수많은 동물들이 인류의 호기심 때문에 죽었다.
우리는 그들에게 빚을 졌다.

수많은 동물들이 인류의 호기심 때문에 죽었다. 우리는 그들에게 빚을 졌다.

우리 삶에
다시 스위치가 켜질 때

만약 당신이 달에 착륙한 우주인이고, 지구로 돌아오는 엔진 스위치가 부러진 것을 발견했다면? 맷돌 손잡이를 가장 인상 깊게 설명했던 영화 〈베테랑〉의 대사가 절로 나올 수밖에 없다. "어이가 없네?"

그런데 그 일이 실제로 벌어졌다. 그것도 닐 암스트롱에게. 1969년 7월 20일, 우주복을 갖춰 입은 닐 암스트롱과 버즈 올드린은 인류 최초로 달에 발자국을 찍었다. 어릴 적 덜 마른 시멘트에 발자국을 찍다가 엉덩이를 호되게 맞아본 경험자로서, 그 감동과 짜릿함에 경외감이 든다. 역시 뭘 해도 역대급으로 해야 훈계 대신 훈장을 받는다.

두 사람은 달 표면에서의 임무를 성공적으로 마치고 달 착륙선인 이글호로 돌아왔다. 이제 한숨 자고 지구로 돌아가면 완벽한 영웅의 귀환이 완성될 것이었다. 가벼운 마음으로 이륙 준비를 하던 중, 문득 계기판이 평소와 다른 것을 느꼈다. 이륙에 필요한 엔진 상승 스위치가 부러져 있던 것이다.

상승 스위치가 작동하지 않으면 이글호는 꼼짝없이 달에 갇힐 수밖에 없었다. 세상에서 가장 멀리 떨어진 미아가 돼버리는 것이다. 휴스턴 관제센터는 초비상이었다. 두 사람이 귀환에 실패할 경우를 대비해 닉슨 대통령의 연설 원고가 급히 작성되었다.

평화적 탐사를 위해 달에 갔던 두 사람은 결국 달에 영원히 남을 운명이었습니다. 우리의 용감한 두 사람, 닐 암스트롱과 버즈 올드린은 살아서 지구로 돌아올 수 없다는 것을 압니다. 하지만 그들의 희생이 인류에게 새로운 희망이 되었다는 것도 압니다. (…) 어느 세상 어느 곳에서도 인류는 영원할 것입니다.

_미국 국립문서기록관리청

생과 사를 가르는 문제는 종종 볼펜대 정도로 해결되기도 한다.

다행히 이 연설은 쓰이지 않았다. 휴스턴 관제 센터에서 들려온 한마디 덕분이었다.

"빈 볼펜대를 부러진 스위치 핀에 꽂아."

이렇게 생과 사를 가르는 문제는 종종 볼펜대 정도로 해결되기도 한다. 유명 자동차 브랜드 볼보가 최악으로 치달은 미국 자동차 시장에서의 위기를 고작 차 안에 컵홀더 공간을 마련하는 것으로 극복한 것처럼 말이다.

그러니 절체절명의 순간이 오면 지난 과거를 회상하는 대신 주변을 돌아봐야겠다. 주변에 볼펜대 같은 것이 있는지, 이 위기를 해결할 의외의 작은 무언가가 있는지 찾아봐야겠다. 그러면 어이가 없어 돌릴 수 없던 맷돌은 순간 드르륵 돌아갈 것이다. 우리 삶에도 다시 스위치가 켜질 것이다.

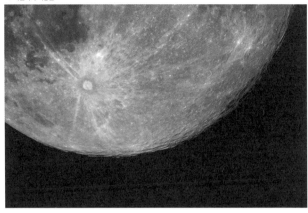

그러니 절체절명의 순간이 오면 지난 과거를
회상하는 대신 주변을 돌아봐야겠다.
주변에 볼펜대 같은 것이 있는지,
이 위기를 해결할 의외의 작은 무언가가 있는지 찾아봐야겠다.
그러면 어이가 없어 돌릴 수 없던 맷돌은 순간 드르륵 돌아갈 것이다.
우리 삶에도 다시 스위치가 켜질 것이다.

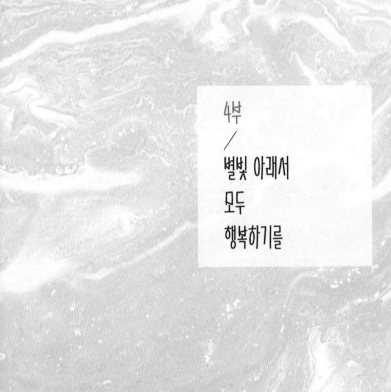

4부
/
별빛 아래서
모두
행복하기를

북극성 같은 사람

하와이로 향하는 비행기에 두 남녀가 앉아 있다. 차림새를 보니 신혼여행인 것 같다. 한데 어째선지 서로 등을 돌리고 있다. 분위기가 차갑다. 여자는 더이상 말하기 싫다며 안대를 쓰고 이어폰을 낀 채 귀를 닫았고, 남자는 뭐가 분한지 아직도 씩씩대고 있었다. 신혼여행을 다녀와서 곧장 헤어지는 커플이 많다던데, 저 커플도 그중 하나일까?

결혼 직후는 서로가 서로에게 가장 밝은 별로 보일 때다. 하지만 그래 보이지 않았다. 빛은 희미했다. 둘은 서로의 반짝임을 거부하고 있었다. 남자가 사과하자 여자는 인상을 찌

푸렸다. 여자가 손을 내밀자 이번엔 남자가 고개를 돌렸다. 화해는 영 쉽지 않아 보인다.

남자가 어느 순간 벌떡 일어나 화장실로 향했다. 그러곤 거울을 오래 들여다봤다. 한숨을 두어 번 쉬었다. 거울에 못난 사내 한 명이 서 있다. 맞다. 그 남자는 바로 나다. 우리는 신혼여행을 떠나는 공항에서 박 터지게 싸우고 말았다.

비행기가 하늘에 오른 지 4시간 정도 지났을 때 둘은 겨우 손을 잡았다. 남자는 미안하다고 말했다. 그녀는 알았다고 짧게 말했다. 사랑과 걱정이 어설프게 공존했다. 우리는 신혼여행을 잘 보내기로 결심했다. 너무도 지친 탓이었다.

결혼식이란 마음은 승리했으나 몸은 패배한 것과 같았다. 숟가락 하나 들 체력조차 남지 않았다. 전쟁 같은 결혼식을 마치고 곧장 신혼여행을 떠났다. 하와이공항에 서서 우리는 다짐했다. 정말, 최선을 다해 '아무것도 하지 말자'고.

그리고 당도한 곳은 마우나케아산이었다. 하와이에 있는 가장 높은 산이자 지구에서 가장 멋진 천문대가 모여 있는 곳. 아무것도 하지 말자는 약속이 무색하게 우리는 가장 번거로운 여정을 나섰던 것이다.

그녀는 '혹시 어디 아픈가?' 하는 생각이 들 정도로 소파와 물아일체가 되어 주말을 보내는 사람이다. 그런 사람이 비행기를 한 번 더 타고, 차로 몇 시간을 올라 별을 보는 것에 동의했다. 순전히 사랑의 힘이었다. 우리는 어느새 산 정상에 도착했고 나는 그녀에게 별을 하나하나 알려주었다.

"저게 북극성이야."

"어떤 거?"

"저거."

"쟤?"

"아니 그 옆에."

"쟤?"

"아니… 말고 그 옆에."

"얘라고? 북극성이 왜 이렇게 어두워?"

많은 사람들이 그녀처럼 말한다. 북극성이 왜 이렇게 어둡냐고. 북극성을 한 번도 보지 못한 사람은 으레 북극성이 밝은 줄 안다. 가장 중요한 별이라고 배웠으니 가장 밝을 것이라 기대한 것이다. 하지만 밝은 별을 기준으로 적당히 순위를 매겨본다면, 북극성은 약 세 번째 그룹에 속한다.

북극성이 중요하다고 여겨지는 것은 밝아서가 아니다. 동쪽으로 떠서 서쪽으로 지는 다른 별들과 달리, 이 별은 언제나 한 자리에 멈춰 있다. 북쪽 하늘 한곳에 가만히 서서 방향을 일러주기에 중요한 별인 것이다. 배를 타고 바다를 나간

© 수지어린이천문대장 신용운

북극성 같은 사람이 있다.
가장 밝지 않아도, 화려하지 않아도 언제나 그 자리에서
삶을 지탱하는 별처럼 가만히 방향을 일러주는 사람.
내게 가장 중요한 사람.
우리는 그런 이들을 가족, 친구, 부부 등의 이름으로 부른다.

사람도, 길을 잃은 등산객도 그 어두운 별을 보며 자신이 향할 방향을 가늠했다. 그렇기에 가장 밝지는 않더라도 나침반 역할을 하는 북극성은 별을 보는 모든 이에게 가장 중요한 별로 남아 있다.

"같이 별 보니까 좋다."

그녀와 손을 맞잡고 별을 본 하와이의 밤을 기억한다. 하루 전만 해도 우리는 씩씩대며 서로를 원망했다. 고갈된 배려를 탓하며 답답한 가슴만 쳤다. 이러다 영영 빛나지 않을까 걱정했다.

그러나 지금 그녀는 함께여서 좋다며 내 손을 꼭 잡고 있다. 따뜻하고 사랑스럽다. 마치 그 손이 이렇게 말하는 것 같았다. '우리는 행복할 거야. 잘 살 거야.'

북극성 같은 사람이 있다. 가장 밝지 않아도, 화려하지 않아도 언제나 그 자리에서 삶을 지탱하는 별처럼 가만히 방향을 일러주는 사람. 내게 가장 중요한 사람. 우리는 그런 이들을 가족, 친구, 부부 등의 이름으로 부른다.

가장 밝지는 않더라도 나침반 역할을 하는 북극성은
별을 보는 모든 이에게 가장 중요한 별로 남아 있다.

3천억 개의 기적

여름밤은 사랑으로 가득차 있다. 은하수를 사이에 두고 헤어져 있던 견우와 직녀의 애틋함이 남아 있기 때문이다. 견우별과 직녀별은 여름 밤하늘에서 재회한다.

대학교 2학년 어느 여름날의 일이다. 내가 다녔던 대학은 천문학과라는 이름이 무색하게 서울에 위치해 있었다. 아파트의 불빛이 코앞에서 쏟아지는 곳이었다. 다행인 것은 몇몇 밝은 별은 서울에서도 볼 수 있다는 것.

과제를 핑계로 늦은 밤까지 남아 별을 봤다. 견우와 직녀별을 포함한 별 몇 개가 밤하늘에서 간신히 반짝이고 있었다.

함께 별을 보던 친구가 무심하게 말했다. "뭐야, 저 정도면 대충 만난 거 아니야? 견우별 직녀별 말고 보이는 별이 별로 없네. 그냥 눈앞에 있는 사람들끼리 사랑했구먼, 뭐."

친구의 말대로 과연 밤하늘에는 달랑 몇 개의 별만 보였다. 여름밤의 낭만은 산산이 박살났다.

하지만 진실은 본질에 가까운 곳에서 만날 수 있는 법. 날씨가 기가 막히게 좋았던 어느 여름밤, 천문대에서 아이들과 별을 봤다. 아이들은 관측실에 서자마자 탄성을 질렀다.

"우와, 뭐예요? 저게 다 별이에요?"

레이저로 견우별과 직녀별을 가리켰다. 하지만 별이 너무 많아서인지 아이들은 잠깐 하늘을 향해 고개를 돌렸다가 이내 내 쪽으로 다시 고개를 돌리고는 묻고 또 물었다.

"쌤, 직녀별이 어떤 별이라고요?"

"저거라니까, 저거."

"너무 많아서 헷갈려요."

"그럴 만도 해."

"견우와 직녀는 진짜 인연인가봐요. 이렇게 별이 많은데 딱 저 두 별만 결혼했잖아요."

아이들의 순수한 상상력에 절로 웃음이 났다.

"그렇지. 은하수에는 약 3천억 개 정도의 별이 있어. 1초에

"우리는 태양이라는 작은 별 옆에 사는데,
우리 은하에는 이런 별이 3천억 개쯤 돼.
우주에는 그런 은하가 또 3천억 개쯤 되고,
별의 개수는 지구상의 모든 모래알의 개수보다 많지.
그 수많은 별들 중 지구라는 곳에서 선생님과
너희가 만날 확률을 생각해봐! 정말 기적 같은 일이지?"

별을 하나씩 찾는다고 해도 다 찾는 데 만 년이나 걸린다고. 정말 천생연분이지?"

아이들이 사랑스럽게 웃었다. 언젠가 기회가 된다면 덧붙이고 싶었던 이 이야기를 마저 해주고 싶다.

"우리는 태양이라는 작은 별 옆에 사는데, 우리 은하에는 이런 별이 3천억 개쯤 돼. 우주에는 그런 은하가 또 3천억 개쯤 되고. 별의 개수는 지구상의 모든 모래알의 개수보다 많지. 그 수많은 별들 중 지구라는 곳에서 선생님과 너희가 만날 확률을 생각해봐! 정말 기적 같은 일이지?"

학교, 회사, 집, 거리… 세상 곳곳에 널린 이 경이로움을 우리는 일상이라고 부른다. 그렇지만 평범한 만남과 일상은 생각해보면 모두 기적이다. 견우와 직녀도, 우리도 모두 기적 같은 만남 속에 살고 있다. 내일은 또 어떤 기적을 만나게 될까?

5퍼센트의 우주

　추웠다. 추위도 너무 추웠다. 온도계를 보니 영하 40도였다. 호수는 바닥까지 꽝꽝 얼었다. 길거리를 지나는 북극여우도 어깨를 잔뜩 모으고 걸었다. 지구 온난화가 무색한 이곳은 세계 최고의 오로라 관측지인 캐나다의 옐로나이프 Yellowkinfe 였다.

　"아니 영하 40도가 뭐냐고. 차 히터는 왜 이렇게 안 나와? 너무 추워서 사진기 배터리도 다 닳았잖아!"

　나는 도미노처럼 불평을 쏟아냈다. 오로라 빼고는 모든 게 다 마음에 안 들었다. 캐나다의 변두리 마을에 속하는 옐로나이프는 작고 볼거리가 없었다. 맛집도 없었다. 20분을 걸어가서 먹은 연어 초밥에서 양말 냄새가 났을 때, 그 형편없는 초밥이 3만 원인 걸 알았을 때 나는 주저앉아버렸다.

함께 간 일행 중 맏형인 B는 그런 나를 어르고 달랬다. 어화둥둥, 우는 아이를 위로하듯 말했다. "그래도 연어 뱃살은 한국보다 더 고소했잖아."

실망감을 떨칠 수 없었던 나는 소고기를 사들고 숙소로 돌아왔다. 스테이크용 고기가 싸고 좋았다. 어쩜 고기를 가져오는 데 한나절이 걸리는 도시에서도 소고기가 이렇게나 쌀수 있을까. 우리나라는 정말 유통이 문제인 걸까. 시답지 않은 생각을 하다가도 선홍색으로 빛나는 등심을 보니 마음이 따뜻해졌다.

하지만 고기를 구우려는 찰나 다시 한번 좌절했다. 기름이 없었다. 프라이팬은 거칠거렸다. 코팅된 흔적이라곤 전혀 찾아볼 수 없었다. 이런 팬에 기름 없이 고기를 얹었다간 팬과 고기의 격정적인 합체 장면을 보게 될 것이었다.

걱정이 눈앞을 가리던 순간 B형이 눈을 번뜩이며 말했다. "TV에서 보니까 셰프들이 기름 대신 와인을 넣고 고기를 굽던데?" 그 말을 듣고는 지푸라기라도 잡는 심정으로 와인을 넣고 고기를 구웠다. 그러나 역시 셰프는 셰프였다. 게다가

눈으로 볼 수 있는 우주의 모든 물질을 합쳐봐야
고작 우주의 5퍼센트다.
나머지 95퍼센트는 눈에 보이지 않는
암흑 물질과 암흑 에너지로 채워져 있다.

그럼에도 우리는 눈에 보이는 5퍼센트의 우주에 감탄한다.

내가 구우니 더더욱 맛이 없었다. 와인을 팬에 넣어 구운 고기는 비리고 질겼다. 삶은 고기와 찐 고기 맛의 어디쯤이었다. 그런데도 B는 처음 먹어보는 맛이라며 좋아했다.

신기했다. 똑같이 먹고 똑같이 경험해도 생각하는 바가 달랐다. 오로라를 보러온 여행엔 95개의 단점과 5개의 장점이 있었다. 95번 즐겁다가도 5번 힘들면 실패한 여행이라고 여기는 나 같은 사람이 있고, 95번 힘들었지만 5번 즐거우면 뛸 듯이 행복해하는 사람도 있다. 이 중 즐거운 세상에 사는 사람은 누구일까.

인간은 우주에서 많은 것을 발견했다. 별을 발견했고, 블랙홀도 발견했고, 은하도 발견했다. 참 멋진 일이다. 저 먼 곳에도 별이 있고, 그 너머에도 또 별이 있다. 우주는 인간의 숫자에 비하면 무한에 가까운 천체를 가지고 있다.

하지만 눈으로 볼 수 있는 우주의 모든 물질을 합쳐봐야 고작 우주의 5퍼센트다. 나머지 95퍼센트는 눈에 보이지 않는 암흑 물질과 암흑 에너지로 채워져 있다. 이름이 어렵듯 정체가 뭔지도 모른다. 있다는 사실만 알 뿐이다. 우주의 대부분은 인류가 잘 모르는 것들로 이루어져 있다는 소리다.

그럼에도 우리는 눈에 보이는 5퍼센트의 우주에 감탄한다. 거대한 은하 사진을 보고 감동한다. 멋진 오로라를 보며 황홀

해하고, 블랙홀 사진을 보며 우주의 신비로움을 느낀다. 고작 5퍼센트의 우주지만 우리에게는 나머지 95퍼센트의 우주보다 더 광활한 세상이다. B의 긍정적인 마인드는 이미 우리 마음속에 녹아 있는 것이다.

불행보다 행복이 주는 안도감과 즐거움에 집중하는 순간들. 나도 언제부턴가 그런 순간들을 더 자주 생각하게 된다.

태양보다
밝은 마음

어릴 적부터 나는 새카맸다. 말 그대로 '검은색'이었다. 그냥 까맣다, 라고 표현하기에는 뭔가 밋밋할 정도로 피부가 검었다. 시골에 살았다. 농협 앞마당이 놀이터였고, 뒷골목은 촌놈들의 무대였다. 쨍한 태양빛을 맞으며 나는 친구들과 온갖 곳을 신나게 누볐다. 1분도 차이 없이 함께 놀았는데 피부는 나만 검었다. 친구들은 나를 '깜둥이'라고 불렀다.

나의 시계는 곧고 옳아서 중2병이 정말 중학교 2학년 때 왔다. 세상의 많은 것들이 이유 없이 가소롭거나 지겨웠다. 혹은 싫었다. 나의 피부색도 마찬가지였다. 그즈음 나는 연구에 몰두 중이었다. 연구 주제는 '어떻게 하면 하얀 피부를 가질 수 있을 것인가'였다.

학교를 마치고 집에 돌아오며 꼭 야채 가게에 들렀다. 일주일 용돈인 5천 원으로 야채를 샀다. 하루는 감자를, 어느 날은 오이를, 또 어떤 날은 버섯을 달라고 했다. 제대로 칼질도 해본 적 없으면서 그날 사온 것들을 최대한 얇게 썰었다. 그러곤 얼굴부터 팔, 다리까지 온몸에 야채들을 얹어놓고 팩을 했다. 그걸 본 어머니가 말했다.

"그거 한다고 연예인 안 된다. 그이들은 타고날 때부터 때깔이 달라, 때깔이."

나는 속으로 외쳤다.

'연예인이 되고 싶지도, 우윳빛깔이 되고 싶지도 않아요. 그저 숭늉 색깔 정도만 돼도 만족한다고요. 박박 씻고도 왜 안 씻냐는 말을 듣지 않고, 흰색 티셔츠를 자신 있게 입고, 개학하면 바닷가 다녀왔느냐는 말을 듣지 않는, 딱 그 정도의 피부를 원하는 거라고요!'

사춘기 소년은 끓어오르는 울분을 토하지 못했다. 구구절절 늘어놓는 것부터 자존심이 상했다. 굳은 감자를 떼어내는 일이 얼굴에 붙은 청테이프를 떼어내는 것보다 더 고통스럽다는 것을 느낀 후에야 나는 비로소 야채 팩을 그만두었다.

그러니 천문대 일은 또 다른 의미로 나에게 완벽했다. 바로 밤에 일한다는 것이다. 이것은 햇빛에 탈 걱정을 하지 않아도 된다는 걸 뜻했다.

"세상에, 별이 좋아서 시작한 일이었는데, 피부에도 좋다니!"

어릴 때부터 아들이 피부색 때문에 얼마나 스트레스를 받았는지 알고도 남는 어머니는 내가 하는 일을 너무나 좋아하셨다.

하지만 결국은 그날이 오고야 말았다.

"오늘 낮에 아이들이 온다네. 태양 좀 보여줄래?"

대장님의 한마디가 허공에 퍼졌다.

근엄한 왕이 '태양 앞에 서거라' 명했다. 나는 무릎을 꿇고 석고대죄하는 심정이 되어 다시 속으로 외쳤다.

'명을 거두어 주시옵소서!'

하지만 결국 일이다. 신변에 문제가 된다면 모를까, 피부색이 변한다는 핑계 정도로는 거절하기 어렵다. 그렇게 나는 기어코 태양을 아래 서야만 하는 순간에 놓였다.

선크림을 가득 짜서 덕지덕지 발랐다. 그러곤 망원경을 한 대 두고 아이들과 마주섰다. 유난히 더운 날이었다. 기온은 35도를 넘었다. 구름도 더위에 놀라 자취를 감췄다. 이마에

나는 피부색에 집착하며 태양을 향해 얼굴을 찡그리는 어리석은 사람이고,
아이들은 나를 있는 그대로 바라봐주는 지혜로운 사람이었다. 부끄러웠다.
나는 아이들에게 태양의 표면을 보여주었을 뿐이지만 아이들은
태양보다 밝은 마음으로 나의 좁은 내면을 비추었다.

선 선크림과 땀이 하나되어 흰 눈물로 흘렀다.

"쌤! 땀이 흰색이에요!"

"선크림을 많이 발랐더니 녹았나봐."

"얼마나 많이 바르면 그래요?"

"쌤이 더 까매지는 게 싫어서 좀 많이 바르긴 했어."

"까매지면 안 돼요?"

"숯처럼 검어질 필요도 없잖아."

"그래도 쌤은 재밌잖아요!"

니체와 쇼펜하우어에 의해 '유럽 최고 지혜의 대가'라고 칭송받는 철학자 그라시안 Gracián 은 말했다. "어리석은 이는 밖으로 드러나 보이는 자신의 외모를 자랑하지만, 지혜로운 이는 본성에 더욱 신경을 쓴다."

그의 말에 따르면 나는 피부색에 집착하며 태양을 향해 얼굴을 찡그리는 어리석은 사람이고, 아이들은 나를 있는 그대로 바라봐주는 지혜로운 사람이었다. 부끄러웠다. 나는 아이들에게 태양의 표면을 보여주었을 뿐이었지만 아이들은 태양보다 밝은 마음으로 내 좁은 내면을 비추었다.

이후 나는 태양 관측에 망설임 없이 나가기 시작했다. 선크림이나 선스프레이, 선스틱, 모자 없이 태양과 대면하는 전 우주적인 일이 일어난 것이다.

나는 여전히 흰 피부가 좋다. 거뭇한 내 피부가 마음에 들지 않는 것도 여전하다. 하지만 아쉽고 모자라도 이것은 내 몸이고, 평생 인생을 동행할 나의 일부라는 것을 이제야 인정하게 되었다. 적어도 피부색이 나의 자아를 갉아먹지 않는다는 것을, 나는 태양빛 아래 선 아이들에게 배웠다.

삶에는 위기보단
게으름이 더 많다

아버지는 보일러공이었다. 매일 밤마다 기름내와 흙내를 잔뜩 묻히고 집으로 돌아왔다. 90년대에 기술직은 딱히 좋은 직업은 아니었다. 흰 셔츠에 스트라이프 넥타이를 맨 사무직의 인기가 높았으니까. 그나마 희망적이었던 것은 망치질에 몸을 쓰는 만큼 돈이 잘 벌렸다는 것. 체력을 깎는 만큼, 시간을 쓰는 만큼 적지만 정확한 현금이 지갑에 들어왔다.

덕분에 나의 유년기는 꽤 괜찮았다. 가끔 용돈이 적다고 투정은 부렸어도 집은 조금씩 넓어졌다. 넷이 살던 단칸방은 투룸이 되었고, 이내 주택이 되었다. 그때마다 아버지는 자랑스럽게 말했다. "사람은 항상 대비해야 해. 언제 어떤 어려움이 올지 몰라. 늘 준비해놔야 건강도 지킬 수 있고 돈도 버는 거야."

신빙성이 없는 말이었다. 집이 커질수록 아버지의 허리는 무너졌다. 손은 더 거칠어지고 움푹 파였다. 일은 또 일을 만들었고, 휴식의 시간 앞에 단단한 벽을 세웠다. 아버지는 계속 힘들다고 말하면서도 일을 했다. 중학생이었던 나는 이해할 수 없었다. 아버지에게 삶은 늘 불안한 것이었다. 처절하게 다음을 준비해야 하는.

그런 아버지가 만약 나의 주말을 본다면 깊은 한숨을 쉴 것이다. 주말의 나는 해가 중천을 넘어설 때 일어나 대충 한끼를 때운다. 넷플릭스에서 만만한 마블 영화를 한 편 골라 본후 커피를 마신다. 그러곤 책을 뒤적이다 덮고 글을 끄적이다 그만둔다. 삶에는 위기보단 게으름의 비중이 더 많고 나는 그것을 낭만이라고 부르며 최대한 안락한 상태를 유지하려 애쓴다. 그게 더 좋은 삶이라고, 끊임없이 스스로에게 되뇐다. 그런데 이게 정말 좋은 삶일까?

30대의 나에게 동화처럼 기억되는 영화는 〈레옹〉이다. 가족에게 구타를 당해 흐르는 피를 손수건으로 닦던 마틸다가 레옹에게 말한다.

삶에는 위기보단 게으름의 비중이 더 많고
나는 그것을 낭만이라고 부르며 최대한 안락한 상태를 유지하려 애쓴다.
그게 더 좋은 삶이라고, 끊임없이 스스로에게 되뇐다.
그런데 이게 정말 좋은 삶일까?

"사는 게 항상 이렇게 힘든 건가요? 아니면 어릴 때만 그런 건가요?"

레옹이 말한다.

"언제나 힘들지."

레옹의 말에 문득 불안해졌다. 나는 힘들지 않았다. 어려움에 늘 대비해야 한다는 아버지의 말과 달리 삶은 순탄했다. 평범하게 학교를 다녔고, 특별히 아프지도 않았다. 운이 좋아 적성도 금세 찾았다. 별이 좋았다. 아이도 좋았다. 그래서 아이와 함께 별을 볼 수 있는 천문학 강사를 직업으로 삼았다.

그러다 문득 겁이 났다. 만약 이 일을 못하게 된다면? 그렇다면 인생은 정말 힘들어지지 않을까. 다른 일을 하면서 살아야 한다면 뭘 하면서 살 수 있을까. 아버지는 이럴 때를 대비해야 한다는 것이었을까?

"나중에 우리가 천문대를 그만둬야 한다면, 뭘 할래?"

같은 일을 하는 친구에게 이 질문을 던졌다. 우리는 기분 좀 내자며 강남의 멋진 바에서 수제 IPA 맥주를 마시던 중이었다. 신나게 맥주잔을 부딪치다가 절망적인 질문을 마주한 친구는 당황했다. 눈동자가 흔들렸다. 불안한 입술을 힘겹게 떼며 친구가 말했다.

"진짜, 뭘 할 수 있지?"

무슨 특별한 답을 기대한 것은 아니었다. "뭘 걱정해, 우리는 평생 이 일을 할 거야"와 같은 긍정어린 말을 원하지도 않았다. 그저 내가 감당할 수 없는 질문에 친구를 끌어들였을 뿐이었다. 우리는 애처로운 답밖에 떠오르지 않는 질문을 두고 기가 죽은 채 서로를 바라보았다.

평생 천문학을 좋아왔다. 대학에서는 천문학을 배웠다. 아르바이트도 천문대에서 했다. 신입 사원 면접처럼 "이 직업이 아니라면 무엇을 선택하겠습니까?"란 질문이 들어오면 정색하고 답하는 수밖에 없다.

"저는… 천문학만 바라보고 살았는데요?"

우매하고 답답한 대답을 영혼처럼 쥐고 살아온 나였다.

머리가 복잡했던 어느 토요일 밤, 일을 마치고 천문대에서 돌아와 습관처럼 컴퓨터 앞에 앉았다. 짙은 은하수가 모니터 바탕 화면에 떴다. 인터넷 브라우저를 켜고 자연스레 우주에 관한 글을 쓰기 시작했다. 글을 쓰며 맥주를 입안으로 흘러넣다 생각했다. 뭘 하며 오늘을 보냈나. 나의 하루는 온통 별뿐이었다. 이런 삶을 사는 사람이 다른 직업을 준비해야 한다면 그것은 성공이라 말할 수 없다. 이런 인간은 평생 천문학을 가르치며 살아야 한다.

성공이란 것은 내가 선택한 길 위에서 느끼는 관성과 게으름 그 어디쯤에 있을 것이다. 대비도 좋고 미래를 준비해야 한다는 말도 좋다. 다만, 지금 한 가장의 고되었던 삶과 청년의 불안한 미래가 남긴 질문은 답이 되어 돌아왔다. 지금의 삶을 지키는 데 더 집중하는 게 좋겠다고. 나의 현재는 충분히 좋은 삶이라고.

'내일'이란 말은
최소한만 믿어야 한다

어느 날 대기업에 다니는 친구가 분한 듯 토로했다.

"아니, 쉴 수가 있어야지. 현재를 즐기라니, 지금 즐기면 미래에 손가락 빨아야 한다고. 당장 일이 쏟아지는데 놀긴 뭘 놀아. 이 속 편한 말은 도대체 누가 만든 거야?"

그렇다. 이것은 우리가 그토록 자주 들어온, 지긋지긋한 '카르페 디엠' 이야기다. 우리말로 바꾸면 '현재를 즐겨라.'

적어도 저 말을 내가 만든 건 아니다. 그러니 친구의 분함을 받아야 할 당사자도 나는 아니다. 하지만 어디에도 도착할 수 없는 그의 분노는 결국 나에게로 배달되었다.

친구가 한숨을 크게 쉬고는 말했다.

"과로사로 죽는 것보다 더 억울한 죽음이 있을까?"

친구의 쓸쓸한 말은 내 기억 속에 어렴풋이 묻혀 있던 황당한 죽음의 기억을 불러냈다.

2018년 겨울, 중국 정부는 허무맹랑한 발표를 했다.

"저희가 우주로 쏘아올린 인공위성이 통제 불능 상태입니다. 내년 초쯤 지구로 떨어질 것 같으니 조심하세요."

추락 중인 인공위성은 하필 우주정거장 '톈궁天宮 1호'였다. 보통의 인공위성보다 훨씬 컸다. 무게만 해도 8톤이 넘었다. 대부분의 위성이 1톤 정도인 것을 감안하면 어마무시한 무게다. 만약 온전한 상태로 도시에 충돌한다면 웬만한 미사일보다 파괴력이 강할 것이었다.

이어 중국 우주국은 톈궁 1호가 추락 가능한 범위를 공개했다. 그리고 전 세계는 다시 한번 경악했다. 추락 가능 지점이 사실상 전 세계였기 때문이다. 과학기술정보통신부는 우리나라는 작기 때문에 한국에 추락할 가능성은 적다고 발표했다. 추산된 확률은 3600분의 1이었다. 하지만 나에게는 그 말이 이렇게 들렸다.

'톈궁 1호가 한국에 떨어질 확률은 로또 3등에 당첨될 확률보다 10배쯤 높답니다. 자, 이제 안심하실래요?'

며칠 간 뉴스가 떠들썩했다. 천문대에 온 아이들도 소식을 들었는지 다급하게 물었다.

"선생님! 인공위성이 떨어질 수도 있다던데 사실이에요?"

"그 기사 봤구나?"

"우리 이제 죽는 거예요?"

"괜찮을 거야. 인공위성은 떨어지면서 대부분 타버리거든. 우리나라에 떨어질 확률도 꽤 낮아."

"어쨌든 떨어질 수도 있는 거 아니에요?"

맞다. 확률의 무서움은 아무리 낮아도 0이 아니라는 점에 있다. 확실히 단언할 수 없다. 반드시 안전하다고 말할 수 없다. 3600분의 1이든 36000분의 1이든 마찬가지다. 불안은 들불 같다. 작은 불씨도 금세 화염이 되어버린다. 편안함과 안락함을 땔감 삼아 거세진다. 어느새 인공위성은 우리 머리 위로 속절없이 날아올 재앙처럼 느껴진다.

인생은 그렇게 허무한 것일지도 모른다. 우리의 삶은 뜻 없이 우주를 맴돌던 고장난 고철 덩어리 하나에도 절멸할 수 있다. 인공위성을 제외하더라도 지구를 위협하고 있는 우주의 소행성만 해도 2만 개가 넘는다.

주말과 휴식을 회사에 갈아넣는 친구에게는 인공위성이 떨어진다는 사실이 얼마나 억울할까. 나라고 다를 바 없다. 스

마트폰을 보다가 잠시 한눈을 판 운전자에게 치여 사망한다면, 계단을 잘못 디뎌 갑작스레 죽게 된다면 얼마나 불행할까.

카르페 디엠. 그날 나는 다시 그 단어를 떠올렸다. 세상이 제 아무리 백 세 시대를 예상한들, '내일'이 오리라는 확신이 반드시 있을까? 단언할 수 없다. 그러므로 내일이란 말은 최소한만 믿어야 한다. 그러니 결국은 '카르페 디엠'이다.

다행히 중국의 인공위성은 남태평양 한가운데에 떨어졌다. 누구도 피해를 보지 않았다. 하지만 아무도 내일을 확신할 수 없다.

물론 어찌 될지 알 수 없는 미래를 담보로 현재의 쾌락을 당겨쓸 용기가 내게는 없다. 다만 커다란 미래의 부피를 조금 줄여 지금 이 순간 작은 행복을 느낄 수는 있다.

당장 오늘 밤에 나사가 갑작스러운 브리핑을 할지도 모를 일이다.

"하루 뒤, 갑자기 나타난 소행성이 지구와 충돌할 예정입니다. 그 어떤 생명체도 살아남을 수 없을 것으로 예상됩니다. 그러므로, 오늘 하루는 우리 삶에서 가장 소중한 날이 될 것입니다."

흐린 별빛 몇 개로도

또 망할 순 없었다. 사업 실패의 경험은 이미 충분했다. 어떤 사업가의 진부한 이야기처럼, 그도 삶의 막다른 길까지 갔다. 혁신이라던 IT 사업은 완전히 망했다. 돈을 잃었다. 사람도 잃었다. 명예는 애초부터 없었다. 칼보다 사람이 더 날카롭다는 것을 그는 주저앉으며 알게 되었다.

"아이들에게 별을 보여주겠습니다."

우습게도 그는 삶이 막막해지고 나서야 자신의 전공을 떠올렸다. 천문학. 집을 나간 청소년처럼 '알아서 잘 살 수 있다' 해놓고는 결국 해가 지고 나서 쓸쓸히 돌아왔다.

자신이 졸업한 대학교를 찾았다. 뻔뻔하게 망원경을 빌려 달라고, 아니 내놓으라고 말했다. 아이들에게 별을 보여주는 일을 업으로 삼을 셈이었다. 돈을 많이 벌겠다는 마음은 없었다. 망원경으로 우주를 휘젓는다고 부자가 될 리도 없었다. 그저 먹고사는 정도면 충분했다.

서울 한복판에서 별을 보여주는 것으로 인생은 이어졌다. 서울은 기회의 땅이었지만 꼭 그렇지도 않았다. 별이 적었다. 별을 보겠다는 아이도 적었다. 이따금 몇 개의 별과 몇 명의 아이들만이 밤하늘 아래 모였다.

그래도 좋았다. 굶지 않아도 되었다. 일할 수 있으니 족했다. 언젠가 강원도에서 홀로 보았던 가득찬 별도 좋았지만 그를 찾아온 아이들과 본 희미한 별 몇 개가 더 좋았다.

살아보니 삶은 찬란한 순간보다 희미한 순간들이 더 많았다. 밤하늘도 그랬다. 그렇지만 흐린 별빛 몇 개로도 이야기를 만들 수 있었다. 그것만으로도 그는 점점 이 일을 진정으로 사랑하게 되었다.

김승현. 그는 천문대의 대장이 되어 있었다. 일을 시작한 지도 어느새 20년이 되었다. 모두가 그를 총대장이라고 불렀다. 함께 일하는 직원들도 많았다. 천문학을 공부한 젊은 별들이 그와 같이 일했다.

강사 자리를 내어준 지는 벌써 오래다. 벌써 쉰다섯이었다. 어쩌다 한번이라면 모를까, 아이들을 계속 가르칠 수도 없는 노릇이었다. 아이들도 젊은 강사들을 훨씬 좋아했다. 씁쓸하지만 받아들여야 했다. 대신 그는 천문대 관리에 집중하는 것으로 자신의 역할을 재정비했다.

올봄, 예상치 못한 시련이 날아왔다. 중국에서 시작된 감염병이었다. 일상은 억울할 만큼 허약해져 눈에 보이지도 않는 바이러스 따위에 힘없이 무너졌다.

모두 집에 강제로 갇혔다. 마스크를 갑옷처럼 둘렀지만 두려웠다. 학교도 가지 못했다. 도로가 횅했다. 당연히 별을 찾는 이들도 발길을 끊었다.

어느 날, 어두운 침묵으로 시간을 건디던 그에게 한 젊은 직원이 말을 걸었다.

"총대장님."

자신을 빠히 바라보며 부르는 소리에 화들짝 놀란 그가 괜히 쑥스러운 듯 대답했다.

"뭔데?"

"만약에요, 아주 만약엔데요…"

"끌지 말고 말해."

"혹시, 천문대가 망하면 어떻게 해요?"

"뭐?"

"사람 일은 모르는 거니까요. 저는 아이들을 가르치는 게 너무 좋고, 할 줄 아는 것도 이 일밖에 없어요. 그런데 만약 천문대가 사라지면, 저는 뭘 하고 살아야 하나요?"

코로나는 시련이었다. 그의 통장 숫자 앞에 마이너스가 붙기 시작했다. 다시 망할 수도 있다는 불안감이 턱 아래까지 차올랐다. 숨이 잘 쉬어지지 않았다. 밖으로 뛰쳐나왔다. 가족과 친구, 직원 들의 얼굴이 차례로 아른거렸다. 하늘을 보았다. 밤하늘에 몇 개의 별만이 떠 있었다.

그는 포기할 생각이 없다. 어떻게든 천문대를 살릴 것이다. 무슨 방법을 써서든 버텨 언젠가 돌아올 아이들을 기다릴 것이다. 하지만 의지로 해결되는 문제 또한 아니다. 어쩔 수 없는 선택을 해야 하는 순간이 올 수도 있다고, 그는 되뇌었다.

문득 사업이 망한 뒤 밤하늘을 올려다본 날을 떠올렸다. 한때는 희미한 별빛으로도 충분히 아름다운 이야기를 만들었다. 그러나 지금은 자신이 그 어떤 사연도 가지고 있지 않은 희미한 별 같다는 생각이 들었다.

총대장은 젊은이에게 답했다.

"꼭 천문학이 아니어도 돼. 아이들이 좋으면 어린이집에서 일하면 되는 거야. 돌아오는 길에 하늘을 올려다보면서 별 몇 개를 만족스럽게 바라본다면, 그리고 굶지만 않는다면 삶은 만족스러운 거야."

삶은 종종 쓰리고 아리지만 충분히 좋다는 생각이 든다. 오래도록 잊고 살았다. 어두운 별빛 몇 개로도 우리는 행복할 수 있다. 혹여 다시 망한다고 해도, 천문대가 문을 닫게 된다고 해도 인생이 끝난 것은 아니다.

고수리 작가는 말했다. '우리는 달빛에도 걸을 수 있다'고. 어둠 속에서 희미하게 빛나는 작은 행복만으로도 우리는 살아간다. 달빛 아래 빛나는 흐린 별빛 몇 개로도 우리는 우리만의 아름다운 이야기를 만들어갈 것이다. 그렇게 살아갈 것이다.

우주를 가뿐히
내려놓을 때

아버지는 허리가 안 좋았다. 디스크가 몇 개나 터졌다. 하필이면 손에 흙을 묻히는 일을 하는 터라 힘쓸 일이 많았다.

게다가 키도 작았다. 158센티미터는 그 세대의 평균 키라며 큰 목소리를 내다가도 커다란 기름통을 옮길 때면 한숨을 먼저 쉬었다. 디스크 환자가 이길 만한 철 덩어리가 아니었다.

그러나 아버지는 요령이 좋았다. 가스통을 굴리는 배달부처럼 보일러를 굴렸다. 각진 기름통은 앞의 두 모서리를 이용하여 걸음마를 시키듯 옮겼다. 키가 작아도, 허리가 약해도 아버지는 일을 잘했다. 요령이 요술보다 나았다.

그런데 나는 그런 아버지를 닮지 않았다. 요령이 없다. 요령이 없으니 성실하기라도 할 것이라고 판단하면 곤란하다. 나는 게으름은 잘 피우는데 꾀마저 부족한 인간이다. 사람을 상대할 때도, 일을 할 때도 느리고 마무리가 약하다.

그래도 보고 자란 게 있는지 물건을 드는 일은 잘한다. 물론 유전사는 위대해서 나도 허리가 약하다. 힘도 없다. 하지만 군대에서 무거운 포를 든다거나, 곡괭이를 다섯 자루씩 든다거나, 완전 군장을 어깨에 메고 행군을 해도 어깨만은 멀쩡했다. 요령껏 온몸으로 무게를 분산한 덕분이었다.

망원경을 드는 일도 마찬가지다. 천문학 강사라면 망원경으로 별을 찾아내는 것에 으쓱대야 하지만, 나는 망원경을 드는 일을 더 잘한다. 30킬로그램쯤 되는 망원경도 쉽게 옮긴다. 삼각대의 두 다리를 꽉 쥐고 적당한 각도로 벌린 뒤 허벅지를 이용해 일어서면 솜털처럼 망원경이 들린다. 그 모습을 본 아이들은 말한다.

"우와, 선생님 힘 진짜 세다! 망원경을 어떻게 그렇게 번쩍 들어서 옮겨요?"

"응? 그냥 옮긴 거지. 뭐 대단한 거라고."

"그래도 선생님이 망원경을 빨리 가져온 덕분에 우주를 더 빨리 볼 수 있잖아요!"

나로 말할 것 같으면, 망원경을 번쩍 들어
아이들 앞에 우주를 놓아주는 사람이다.

하하. 그렇다. 나로 말할 것 같으면, 망원경을 번쩍 들어 아이들 앞에 우주를 놓아주는 사람이다. 아이들의 말이 참 맛있다. 요령이 요리보다 낫다고 생각했다. 동료에게 아이들의 말을 전했더니 걸걸한 목소리를 내며 답한다. "허허, 힘쓴 보람이 있구먼."

내게는 망원경을 번쩍 들어 가뿐히 내려놓는 것만으로 아이들에게 조금 더 빨리 우주를 보여줄 수 있는 능력이 있다.

빳빳하게 셔츠를 잘 다리는 당신도, 뽀득뽀득 설거지를 잘하는 당신도, 물건을 야무지게 잘 정리하는 당신도 작은 요령이 주는 즐거움을 느껴보았을 것이다. 그러니 당신도 모르는 새 당신의 능력은 이미 시작되었는지도 모른다.

© 수지어린이천문대장 신용운

© 수지어린이천문대장 신용운